その果てを知らず

眉村卓

講談社

その果てを知らず

1

人の気配に、浦上映生(うらがみえいせい)は首を伸ばした。病室に看護師が入ってきたのである。

「浦上さん、消灯時刻です。あかり、消しますか?」

と、看護師。

それが昼間も来ていた看護師なのか、夜になってからの担当なのか、映生にはわからない。みんな制服でマスクをしていて、髪型もどこか似た感じなのである。もっとも顔が見えたとしても、ちゃんと見分けがつくかどうかの自信はなかった。そういうことは苦手で、以前に大学で講義していた頃は、学生の顔と名前がなかなか結び付かないせいで、苦労したものだ。

「ああ、済んません。でも入り口とそっちの壁のところは、残しといてくれませんか」

映生は、点滴の針が入っていないほうの腕で、そちらを示しながら答えた。

看護師は頷(うなず)き、スイッチを操作すると出て行く。光度が落ちた分だけ、部屋の空間は黄色味を増した。

　映生は、またベッドに仰向けになる。

　このT病院に入院してから、きょうで一〇日め。

　初めての入院ではない。六年前に食道癌で大きな手術を受けた。どうやら助かって退院し、痩せてしまったけれども、元の生活に戻ったのである。しかしながら、それから四年経過すると、リンパ節への転移があり、また手術。以後も誤嚥性肺炎になったりで、たびたびお世話になっているのだった。そしてさらに二年後の今度は、腫瘍肥大による入院なのだ。

　とはいえ、今回はもう年で（八四歳）手術に耐える体力もないので、抗癌剤点滴を併用しての放射線治療ということになった。だがその抗癌剤が、今の映生の体にはきつ過ぎて危険だと判明したらしい。精神状態が半ばおかしくなっていた彼自身にはわからなかったが、極めて危ない状況だったと後で娘の奈子から聞いたのだ。ために以後は別の経口投与の抗癌剤と放射線療法で行くことになったのだそうである。

　放射線照射は、初体験であった。病院の地下一階にある放射線治療科のリニア・アクセレレーター（リニアック）という装置で、照射を受けるのだ。入院直後はベッドごと運ばれたが、やがて車椅子の移動になった。体の位置を固定され、顔には型を取って成型されたマスクを装着されての放射線照射である。装置の中に居ても見ることができないので、何がどうなっているかわからない。セットされると、一回また一回と、いくつかはサイレンのような合成音、でなければ全くの機械音らしいのが、数秒間鳴るのであった。鳴る合計数は八回か九回だが、なぜか勘定していても、どっちなのかはっきりしない。その音の鳴り方について彼は、装置を操作している人に尋ねたりもしたが、われわれには聞こえないのだ、知らない——と言われただけである。それが終わると病室に戻るのであった。照射とその前後の作業に要する時間は短いけれども、定められたコースの期間中、ほとんど毎日行われるとのことであり、本日現在、今回のコースの半分にも来ていない。コースが終わってから治療効果が調べられ、結果によって次の照射の日程が決められるというが、今の彼にとってはずっと先の話であった。

ともあれ。

映生自身は今度の入院で、そろそろ年貢の納め時であろうと観念していた。今回退院できたとしても、先はそう長くないはずである。癌との共存なんて、そんなにうまくいくはずがないのだ。それに他にもいくつか持病がある。そもそもが八〇歳を超えるなんて、(そういう時代になったのだとしても)自分でも信じられぬほど、長生きしてしまったのだ。幸運であったとは思うが、もうこの辺が限度であろう。正直なところ、人生に疲れ果てたとか死にたいとかの気持ちはないものの、もういいのではあるまいかという感覚が、ちらちらするようになってきているのは、事実であった。のみならずその感覚を時折口にしたり文章にしたりもしている。

口にしたり文章にしたりとは……つまり映生は物書きなのだ。

主として小説を書いている。

物書きなんていろいろ種類があり、雑多でさまざまで、一概に格付けするのは無理だが、彼の場合、文名が世に知られているとはとても言えないけれども、まあ何とか存在している——

というところであろう。大相撲の番付で言うと、関取前後、幕下上位と十両を行き来している感じである。もっとも、書いてきたのは世間的には傍流扱いされがちなSF・ファンタジーの類の（変な言い方だが）フシギ系物語であり、それも近年は内心の欲求が変わってきたせいでSF的要素も希薄になっているから、ろくに評価されなくてもやむを得ないのかもしれない。だが彼としては、書きつづけているうちに年月が経過し、書くものもそうなってきたというだけのことである。

映生が物書きであることが出て来たついでに、もう少し述べる。

映生はいまだに、原稿を手で書いている。若い時分から中年あたりまでは、万年筆を使っていたのだが、年を取るにつれて訂正やいわゆる風船出しや書き直し、改稿などの手間と時間がつらくなってきた。しかしその頃登場したワープロにはなじめず（これは彼の心の内に、書くものが活字になるためにはもっと腕を上げねばならないという子供の頃の感覚が根強く残っていて、そんなに安易に何でも活字にしてもいいものか、と多少意地になったせいもあった）キーボードとも無縁のうちに、パソコンの時代が到来したのだ。一方、ファックスでの原稿送りが可能になり、かつ、消しゴムの能力の飛躍的向上と、いくら消しゴムを使っても大丈夫な厚口中性の原稿用紙の市販品を知って、万年筆を断念し、鉛筆で書くようになったのである。以来、ずっとそうなのだ。手書き原稿は受け付けないという媒体が増えているのに、何とかそれで押し通している。ただしこのところ病気と入院で、書くペースはがくんと落ちているのだが……。

そこで映生は、先程看護師が入って来るまで追っていた想念を取り戻した。

想念というのは、入院生活の中で出くわすようになった幻覚についてである。

幻覚。

それも、二回。

六年前の初めての大手術では、そんなものとは無縁であった。ただもう病気と向かい合って、もがき、打ちのめされ、うつらうつらしていたような記憶しかない。

その四年後のつまり一昨年に、一回めを経験したのである。

一回め。

リンパ節の腫瘍切除の手術から二、三日経って気がついたのは、病室のトイレの床に文字が見えることであった。病室は差額ベッド代を取られる個室である。元来が社交性に乏しく、その上年のせいでわがままになっているのを自覚した彼としては、それが無難だったのだ。その個室のトイレの床は、淡い色のタイル張りなのだが、ちょうど原稿用紙の枡目にそれぞれ入ったように、ぼんやりといくつも明朝体の漢字が見えるのである。それほど濃くはない灰色の文字であった。

四年前の入院では、そんなものは見えなかったのに、である。

文字はしかし、べったりと固定しているのではなく、タイルの枡目の中に浮き出していた。駅とか学とか阪とかの、彼には見慣れた、あまり画数も多くない漢字である。そして、みつめていると二、三度またたくようになって消え、違う文字が出現してきたりする。原稿さながらにタイルの方形の中に文字が浮かぶなんて、物書きの業（ごう）と言うべきであろう。

　奇妙な現象だったが、もちろんそんなものは目の錯覚であり幻視に相違なかった。もともと錯視や幻視などの経験がほとんどなかった映生には、さながら現実みたいだったけれども、やはり、あるはずのないものの実在を信じることはできなかったのである。

　ああ、映生のようなフシギ系の物書きなら、そんな幻覚を素直に現実として受けとめるのではないか——という考え方があるかもしれない。たしかにそういうことも言えるだろうが、彼の場合、逆なのである。フシギな話をフシギに書くためには、心の中の別のところに常識世界が存在していなければならない——と信じていたのだ。そう言えば、今の道に入って五〇年余り前の頃、先進の作家に光伸一（ひかりしんいち）という人が居た。早く有名になったし、没後歳月を経た今でも有名である。映生にとっては、いろんな意味で学ぶところの多い大先輩なのだ。その光伸一が、自己の作品に対する世間一般の評言に、よく異議を唱えていたのである。評言というのは、「なまじ常識を持っている者には及びもつかない発想」であったが、光伸一は、受け入れようとはしなかった。「そりゃ違うな。いつも常識外の事柄を書くためには、常識の範囲がどこからどこまでかを完全に把握していなければならない。それができているから、常識を超えられるんだ。つまり、大常識人だということだよ」と言うのであった。映生は仲間うちでの会合で、二、三度、光伸一がそう言うのを聞いたのである。それはたしかに光伸一流の皮肉っぽい表現に相違なかったが、映生の心に残って、棲（す）みついているらしい。別の言い方をすれば、書き手浦上映生は、フシギ話をそういう風に位置づけしているのである。そんな彼にとっての幻覚は、いかに実在に見えても、幻覚に過ぎなかったのだ。

そして。

病室のトイレの床のこの現象は、二日か三日のうちに全体として淡くなり、見えなくなってしまった。いや正しくは、現象が消滅したのではなく、彼の目がそういうものを感知しなくなったと、すべきかもしれない。

といって彼が、このことを忘れてしまったわけではない。印象が強かっただけに、心に深く残ったのだ。のみならず彼はこのことを娘の奈子に喋(しゃべ)ったりもした。東京暮らしをしている一人娘の奈子は、彼が入院するとなると、大阪の家に帰って来て、ほとんど毎日病院に来てくれる。十数年前に妻の朗子(あきこ)が亡くなってからの彼は、独り暮らしの身なのだ。入院したりすると、家のことや病院との行き来をする者が居なければ、どうにもならないのである。娘には悪いが、助けてもらうしかないのであった。奈子がむしろ積極的にいろいろやってくれるのを利用し依存しているのだ。彼は、娘には見えないであろうトイレの床の文字のことを説明し、こんなにはっきりした幻視は初体験だ、実在するみたいだとも、話したのである。奈子は黙って聞いていたが、次に来たときに、先生の話によると、高齢の人が麻酔をかけられての手術の後、幻覚を見るというのは、ちょいちょいあることらしいよ、と言ったのであった。そういうものかなと、彼は思ったのである。

――というのが、くどくなるが二年前の、二回めの入院のときであった。

だがそれだけなら、あまりないような体験に相違ないとしても、それ以上は深く考えることはなかったであろう。

ところが、今回の入院の、入院して一〇日めのきょうの朝方。

映生は、またもや幻覚を体験することになったのである。

それも今度は、この前よりもさらに現実的だったのだ。

そう。

けさ。

早朝の体温や血圧の測定の後、彼はベッドに仰向けになって、天井（てんじょう）を眺めていた。

病室の天井というのは、元来無機的な感じのものだ。白いだけの平面にいくつか、患者を観察したり手術をしたりするためという照明（処置灯と呼ばれているらしい）やソケット、何か接続するための部品か曲った太い金属などが、天井中央あたりに取り付けられている。その一つ一つがおのおの超然としていて、妙な表現であるが、床のベッドやその他の備品と向き合い、にらみ合って、対等の立場を主張しているのだった。そういえば彼はかつて高校時代に、短歌をやっている父親のところに送られて来た結社誌の作品の中に、自分の病室の天井を、矩（く）形（けい）か正方形かまた疑へり——という表現があるのに出合い、入院とか病室とかはそんな感じなのかなと、変に納得した覚えがある。それはつまり、あの頃と今の自分との間には、年月と体験によるそれだけのずれが存在するということだ——などと考えたりもしていたのだ。

が……ぼうっと眺めているうちにその白い天井が、ゆっくりと動いているのがわかったのである。波打っているというべきであろうか。

天井が？

注意して見通すと、それはどうやら、天井そのものがではなく、天井に張りついている透明なシート、膜（まく）と呼んでもいいものが、天井から剝離（はくり）しようとしているのであった。天井にぴったりとついていたのが、あちらこちら接着力を失い、天井から離れつつある――という印象だったのである。

これは、どうなっているのだろう。

病室の天井にそんなものを張りつけるなんて、考えられない。しかも、極めて薄い透明な膜なのだ。

また幻視だろうか。

彼は、この前のことを想起した。幻視なら幻視でいいのである。少なくとも自分が今、そういう体調になっているのだと、いうことである。

彼は、天井からあちこち離れ、垂（た）れて来ようとしている薄い透明な膜を観察した。ゆるゆると動くことであちこち光るその膜は、現実のものとしか思えない。全くよく出来た幻覚なのだ。

しかし待てよ。

その透明膜、ただの透明ではない。膜に何やら模様らしいものが、描かれているのではないか？

模様。

なにやら白い線……曲線や直線が書きなぐられているみたいなのだ。今回は灰色ではなく、濃い白い線である。白く、奔放に、走る子供やライオンや、笑った顔や傘や、キリンや鳥や花などの略画が描かれている。それらが、部分部分の剝離につれて、そこかしこ、垂れて来るのであった。

のみならず、それらの絵は、静止しているのではなかった。それぞれが動いている。思い思いに形を変え、寄り合ったり散らばったりしているのだ。

彼は呆然と眺めていた。

そのうちに。

全体として天井から剝がれて落ちようとしている透明薄膜の一部の、もっとも早く下降して来た部分が、ベッドの枕近くにある洗面台に触れ始めたのである。同時に彼の耳に、かさかさという音が入ってきた。まるで、透明膜が壁や洗面台と擦れ合っているかのように、である。今度は空耳ということになるのであろうが。しかし確かめられるものなら確かめたい。入院以来ずっと点滴を受けているので、やたらに動き回ることは出来ないのだが……ややためらった後、やはりベッドを降りずにはいられなかった。片手で点滴棒（何かで読んだ本では、点滴台と説明されていたが、この病院の看護師たちは点滴棒と呼んでいた）を保持して、である。

洗面台の縁を片手でつかんだ。

白色の略画を描き散らした透明薄膜の端の部分は、なおも壁をつたって、ずり降りてきている。そして、壁と薄膜は接触するたびにさらさらと音を立てるのだ。まくれあがった端が、ときどき壁面に引っ掛かってそれなりの音を出す。とても空耳とは思えないのであった。

膜の下端は、洗面台の蛇口に近づいている。

ほとんど本能的に映生は、点滴の針が入っていないほうの右腕を伸ばし、蛇口の上へと持って行った。伸ばしたところで、そこには何もないのがわかっていながらだ。

ところが。

感触があった。

彼の指は、がさがさした透明薄膜に触れ、つかんだのである。

あ、という感じであった。

手の中にあるのは、まぎれもなく実体であった。広い面の端の垂れ下がった部分、透明な何かなのだ。

それが一秒、二秒。

われに返ったときには、もうその感触はなくなっていた。指は虚空をつかんでいるに過ぎなかった。

のみならず、天井から剝離し垂れ下がりつつあった、白色で絵を描き散らした透明薄膜は、なくなっていたのである。仰（あお）いでも、無表情な天井があるだけだった。

これは？

彼は、点滴棒にすがりついた格好で、一〇秒、一五秒と、その場に突っ立っていた。

今のは？

幻覚か？

幻覚に相違ない。

幻覚でなければならないのだ。

しかし、では、今の感触は何だ？　あれは実体であった。本当に存在していた。別の言い方をすれば、消滅する瞬間まで実在していた。

それも幻覚と言うなら、それで構わない。

逆に、幻覚が実在であったとの考え方だって成り立つのではないか？

彼は、のろのろとベッドに戻ったのであった。

透明膜は、もう現れなかった。

繰り返すが、これがきょうの朝方のことである。

そしてこのことが、映生の中の、実在と幻覚との仕切りをあいまいにし、崩壊させるきっかけになった——とするのは、多分正しいのだ。映生がそうなり易（やす）い年齢・体調・環境下にあったのも、たしかではあるが。

(2)

トイレを出た浦上映生は、ベッドの向こうの窓際の、小さな机というか台の前の椅子にすわった。点滴棒を片手でつかみ引き摺りながらである。

入院当初に比べると大分元気になっているが、退院の話はまだ出ていない。退院と言っても完治はまあ無理で、その後も通院しなければならないだろう。それも医師の注意をよく守っての生活、なのである。

台の上に重ねてあった原稿用紙や辞典を並べ、筆記用具を手に持つ。ベッドの上にすわって、ベッドの枠に渡した盤を台にして書くと、腰が痛くなるので、こちらのほうがいいのであった。

書くのだ。

入院以来彼は、いくつか作品を書き溜めている。しかし気力も体力も乏しくなっているので、一編一編は短かった。それも依頼を受けての原稿ではなく、自主的にやっているのだ。書かずにはいられないというより、書けば気持ちが落ち着くのである。これからどのくらい書けるか予断を許さないが、できることならまとまった枚数にして、出版してくれるところを探すとか、自費出版で本にするとかしたかった。こんなご時世だからそううまく行くかどうか怪しいけれども、その程度の能しかない人間なのだから、仕方がない。いや、そうしたいのだ。そしてそういう自己満足が体にいいのもたしかであった。

映生は書き始めた。病院で鉛筆をそろえ鉛筆削りをがりがり鳴らすのは、いかにもこれ見てくれなので（これだって自意識過剰かもしれない）シャープペンシルである。但し、一本ではじきに飽きがくるので、違う型二本を並べてときどき取り替えるのであった。

(3)

入院して点滴を受けなければならないことになった。大部屋だったが、入院患者は私独りである。医師の回診があり、看護師がたびたび来て体温や血圧を測ったり、点滴の世話をしてくれたりするのだ。

点滴をしていると、トイレなどの場合、点滴の袋を吊り下げた車輪のある点滴棒を片手で押して、移動しなければならない。その一方で、寝てばかりで歩かないでいると足が弱り筋肉がなくなってしまうから、退院後のためにもできるだけ病院の廊下を歩くようにともいわれた。これも点滴棒と共にである。結構鬱陶(うっとう)しいのであった。

その何日めかの夜。

そろそろ看護師が点滴の取り換えに来るであろう時刻に、小便に行きたくなった。ベッドを離れ点滴棒をつかんで、トイレに入ったのである。ドアを閉めて便器の前に立ち、用を足した。

水を流し、反転すると——。

そこに五歳か六歳ぐらいの丸刈りの男の子が立っていたのだ。

いつ、どこからやって来たのだろうか。

白いシャツに黒い半ズボンの男の子。こっちを見上げ、なぜか、異様に憎々しげな表情であった。

「…………」

私が棒立ちになると、男の子は突然叫びながら突っかかって来たのである。といっても相手はたかが小さな子供である。私は両方の手のひらで防ごうとした。しかし男の子は、なおもわめきながら組み付いてくる。

「何をする！　やめろ！」

私はどなり、相手の手首をつかんで突き放した。

「…………」

男の子は両手をだらりと垂らし、火のような目つきで私をにらむのだ。にらんでいたがそこで不意に居なくなってしまったのである。何の痕跡も残らなかった。

今の子は何だ？

どういうつもりだったのだ？

それから、どこに行ったのだろう。

まるで、お化けだ。

「トイレですか？　トイレに居るんですね？」

女の声がした。ドアの外からである。

私はドアを開いた。

いろんなものを載せたワゴンに片手を掛けて、看護師が立っていた。体温とか血圧とかを測りに来たのだろう。

「どこかに行っていたんですか？」

私が口を開く前に、看護師は言ったのだ。何だか詰問口調だった。「さっき来てみたら部屋に居ないいし、トイレも覗いたけどトイレにも居ないし……。時間を置いてまた来たんですよ。どこに行ってたんです？」

「だからトイレに」

私は答えたが、看護師は納得しなかった。

「あかりはついていたけど、トイレは無人でしたよ」

「そんな――」

わけがわからない。私はトイレに居たのだ。それもそんなに長い時間ではなかった。いやそれよりもこの人は、先程の子供の叫び声を聞かなかったのだろうか。

「そんな……。私はトイレに居ましたよ。トイレに変な男の子が出て来て――」

と、私は言った。

「変な男の子？」

「そうとしか言えない」

私が答えると看護師は妙な顔をした。

「何か知らないけど、消えてしまって」

私は仕方なくつづける。

看護師は、急にけたたましく笑いだした。怒ってもいるようだった。

「冗談でしょ！　いい加減にして下さい」

いくら説明しても、相手はわかってくれようとしなかった。当の私が、今のようなことが起きたのを信じかねていたのである。看護師にしてみれば、からかわれているのだ、この患者は気ままに病室の外に出ていたのだと解釈して当然だろう。


深夜。

大分眠って目を覚ますと、小便に行きたかった。

老人だから夜中にたびたびトイレに行くものの、点滴棒が一緒では、やはり面倒である。だが行かなければならない。

用を足し、水を流し、トイレのドアを開けて病室に出ると、そこで立ちすくんだのだ。

今度は男が居た。

先程居たのは小さな男の子だが、今度は青年である。私と同じくらいの身長で、前髪をばらんと垂らし、秀才風だがどこか引きつった感じもある顔だった。今度のそいつは、トイレを出たところに立っていたのだ。

「何だあんた」

私は反射的に声を出した。

青年は無言で、つかみかかってきた。両手を私の首にかけて、絞めつけようとするのだ。病気で弱っているとはいえ、格闘は私にも多少心得がある。相手の両手首をはね上げて外し、反撃に出た。そいつの腕の逆を取り投げを打ったのだ。相手は宙を一転し、背中を床に打ちつけた。だが猛然と跳ね起きて、私にむしゃぶりついてきたのである。床での取っ組み合いになった。それが三〇秒ぐらいだったのか何分もかかったのか、私にはわからない。とにかく私は、何とか相手の腕の逆を取って決めた。決めて、荒い息をつきながら問うたのだ。

「なぜこんなことをする。恨みでもあるというのか？」

相手はうめくばかりで、何の説明もしようとしない。

「言え！」

私は腕に力を込めた。

しかし何の手応えもなかった。音もしなかった。だしぬけに相手の感触の一切が消滅したのだ。そいつのすべてが、無になったのである。

瞬間、頭がくらくらとなった。

気がつくと、私は立っていた。病室の中、呆然と立っていたのである。

そして視野には、看護師が居た。それも三人。悲鳴が重なった。看護師たちの悲鳴である。

それが三人共こっちをにらみ、一人が私に言った。

「どこに居たのですか？　何をしていたのですか？」

つづいて、残る二人が交互に私を責めた。

「一時間もどこへ行っていたんです？」

「こんな変なこと、しないで下さい！」

「…………」

何も言えなかった。

「こういうことをしてくれては困るのです。どういうつもりか存じませんが、今後こんなことをしたら、退院して頂きます。大体がこれ、何ですか？」

初めの看護師が嚙みつくように言いながら床を指した。

点滴棒は、床に倒れていた。吊られていた袋は床に打ちつけられ、床に液体が飛び散っている。ちぎれたチューブがとぐろを巻いている。そして、私の腕に刺されていた点滴の針は抜け落ちて転がり、病衣のそこかしこは血だらけになっているのだ。

私には、何の説明もできなかった。する気にもなれなかった。ありのままを喋っても信じてもらえないことを、直感的に悟っていたのである。

「よくわからない」

私はそういう言い方をした。「何が起こったのか、自分でもわからない」

「…………」

看護師たちは暫く、私を気味悪そうに見ていたが、やがて、最初に私に声を掛けた看護師が促して、三人で病室を片付けにかかった。そこはさすがにプロらしく慣れた感じだったが……

あした、他の人も居るところで、もっと詳しい話をしてもらいたい——とも言ったのである。

何がどうなったのやら、見当もつかなかった。

ともあれ私は、ベッドに入って寝るようにと指示されたのである。


ふと目が覚めた。

窓は青くなっている。夜が明けようとしているのだ。

そして私は、トイレに行きたかった。繰り返すがそういう老人なのである。

ベッドから降り、またちゃんとセットされた点滴棒を手に、トイレに入る。

緊張して、だが用を足す間は何事もなかった。

終わって、向きを変え、トイレのドアを開くまで、やはり何もなかった。

ドアを開いた。

目がくらんだ。眩しい光がわっと私を包んだのだ。よろめいて、二歩、三歩と進む。

これは何だ？　ここはどこだ？　この光は何だ？　強い黄白色だというばかりの、日光か人工照明かもわからぬ光。あまりにも眩しくて、周りがどうなっているのかも見えないと。

何かがこっちへ突進してくるのであった。

男だ。

着物姿の、痩せて頬骨の出た、私よりも年長とおぼしい男が、右手に出刃包丁らしいものを構えて、無言で迫ってくると、その出刃包丁を私に突っ込んできたのである。ズンという衝撃があり、刃が私の左胸に入って来るのがわかった。

　奇妙なことに、なぜか何の痛みもないのだ。

しかし私の意識は、急速に薄らぎつつあった。もはや驚きも恐怖もなくなった中で、私は必死で思考のペダルを踏んだ。

　いったい、どうなったのだ？

　どうなったって、どうしようもない。自分はそうなっても仕様のない年齢なのだ。

　私は死ぬのか？　死んでも諦めるべきであろう。私はそういう年齢なのだ。

　それともここは、病院とは全く別の——異次元なのか？　包丁で刺されても何ということもない世界なのか？

　あるいは、やっぱりこれで終わりで、私は居なくなるのか？

　まるきりわからん。

　わからんといえば、人間、よくわかっていることって、本当にあるのか？　わかったつもりになっている奴だって、本当にわかっているのか？　そもそも、何かをわかろうなんてことが、思い上がりではないのか？

　それにしてもこれは、どういうことなのだ？

　どういうことだとしても、仕様がないのかもしれない。自分はすでに、そういう年齢になっている……年齢が、そうさせているのであろう。

堂々巡りの想念のうちに、私の思考そのものが消えていくのであった。

（4）

映生が病室の二つの窓のブラインドを全開にしたのは、よく晴れた空の明るさをもっと取り込みたかったからである。だが時間が移るうちに、薄っぺらいけれども大きな雲が出てきて、だんだん広がってきた。こっちとしては勝手にしろと言いたい気分であった。

昼食を済ませた彼は、一息ついてから、食器類に蓋(ふた)をし、トレーを持って廊下に出た。廊下の台車にトレーを置いて、部屋に戻る。以前ならろくに何も考えずにできたであろうこんな作業が、もう一方の手で点滴棒をつかんでだとはいえ、一息ついてからでなければやれないのである。体力も気力もそうなってしまっているのであった。

いや、作業はまだある。

彼は、箸(はし)とコップを洗い、渡された大判のビニール袋からそれぞれ紙袋に入った何種類ものクスリを出し、間違いないかどうかを確認して服用した。初めの頃はちゃんとクスリの名を覚えていたが、種類が増え、クスリが替わったりしているうちに、そんな面倒なことは諦めてしまった。今はリストに従って、半ば機械的に飲むばかりだ。

やっと終わった。

窓際の小さなテーブルに向かって腰を下ろし、椅子に背をもたせかける。だがアイデアというほどのものは出て来ないので、畳んで床に重ねてあった朝刊を拾い、広げたのだ。彼の主たる情報源は、いまだに新聞なのである。

電話が鳴った。

新聞の見出しを拾ってゆく意識の中に音が割り込んできたのだ。

映生はちょっと顔をしかめてから、のろのろと椅子を離れ、病室のテレビ台の端に立ててあった充電器上の携帯電話をつかんだ。ガラケーと明記すべきであろうか。長く使って、まだ使っているのであった。スマホだと、自分が八方に網を張った蜘蛛のような、世の中の何もかもを無数の糸でたばねた中央に貼りつけられたような気持ちになるに違いない――と思うからである。もちろんそんなことは彼の妄信であり、スマホを使いこなせばおのれの世界が飛躍的に拡大するらしいとは、承知していた。しかし……もういいのだ。もうじきくたばるのだから（戦時中から戦後、さらにそれからの何度もの大変化の中を生きてきた身としては）このあたり、今まで来たここいらまでで、もうおしまいにしてもよかろう、という念のほうが、強いのである。

受信ボタンを押すと、声が入ってきた。

よく聞き取れない。

こっちから名乗ることはないので（そういうご時世である）彼は黙っていた。

先方の声が大きくなった。

「浦上さん？　浦上映生さん？　浦上くんやろ？」

記憶の底にはある声だが、誰かはわからない。だがともかく応じてみたのだ。

「そうですが」

すると、相手の声が跳ね上がった。

「エイやんやな？　そやな？　わしや。S高のとき一緒やったカウボーイや」

そうなのだ。S高校に通っていたとき映生は、エイやんと呼ばれていた。そしてカウボーイというのは、二年生で同じクラスだった原庄一(はらしょういち)のニックネームである。なぜカウボーイなのかについては、別の中学を出たので映生は知らない。高校時代には、結構よく付き合ったものだ。明るいがどこか気の弱いところと虚栄心が同居しているような男であった。


ま、それだけなら、彼はすぐには原を思い出さなかったであろう。しかしS高を卒業すると原は、進学せずにある商社に就職をし、そのときどういう風の吹き回しか、それまで何度か来ていた映生の家に来て、映生の父親に、就職の身元保証人になってもらいたいと頼み込んだのだ。原の父親の依頼状も携(たずさ)えていた。原に数回会って雑談もし、原の家庭の貧しさを聞いていた映生の父親は、身元保証を引き受けたのである。ところが原は、勤めだして一年と経たぬうちに、会社の金を使い込んで退職したのだ。原の父親がその金を弁済したのかどうか、映生は何も聞いていない。原がどこかのキャバレーの女に入れ揚げていたとの噂(うわさ)を耳にしたけれども、真相は不明であった。原の家族は間もなく転居なのか夜逃げなのか行方(ゆくえ)不明になってしまったのだ。そして映生はその後、原がどうしているのか何も知らない。知らないままに、そう、六十余年の月日が流れたということである。

その原庄一が？

電話を掛けてきたというわけか？

あの男。

原がこちらの携帯電話の番号を知っていたというのは、不思議ではない。物書きという職業柄、映生は自分についての住所その他の情報を（むしろ営業活動の一端として）公開している。著述家関係のリストのみならず、同窓会名簿などにもだ。それを見ればすぐにわかるだろう。だがすぐにわかるのなら、なぜ今頃まで何も言ってこなかったのだ？　あるいはどういうわけで、今電話を掛けてきたのだ？

しかし原は勝手に喋りだしたのであった。

「あんたの本、この間読んだで。最近のあんたの書く本、終末ぼやき宣言みたいになってきたやないか。もうちょっと元気出せや。頑張れや。な！」

「…………」

「久しぶりやけど、ま、話せてよかった、よかった」

「…………」

映生は、どう言ったらいいか、わからなかった。

単純に通り一遍に「懐かしいなあ、どうしている？」などと応じるのは、間が抜けている。

また正直言って、懐かしいとの気分もなかった。原との付き合いは六〇年以上も前のことであり、顔も当時の印象しか覚えていない。しかも訳ありの関係ときている。（彼の脳裏には、原の不始末を知った父親が、原の勤め先から別に何も言ってこないことで安堵（あんど）したその頃の父親の表情が、浮かんできたりしたのであった）

その原が……。

しかし映生が返事をためらっている間に、携帯電話のかなたの原はつづけたのだ。

「まあこんなこと言うたら何やけど、あんただって先はもう長（なご）うないんやから、しっかり頑張ってくれや」

そこで電話は切れた。

何だこの野郎、と映生は不愉快だった。そういう挨拶（あいさつ）は、せめて、お互い年だからとか何とか、配慮して口にすべきではないのか？

いまいましい。

彼はほとんど発作的に、ガラケーの今話していた相手の番号に掛けた。何かを言わなければ気が済まなくなったのだ。

が。

鳴らない。何の音もしない。一度切ってまた押したが無反応。

さらに一回。

同じであった。なぜか、何の反応もないのであった。

携帯電話のシステムに詳しくない彼は、どうすればつながるのかわからなかったし、また、それを調べる気も起こらなかった。こういうこともあるのだ、で済ませた。別に未練もなかったのだ。

(5)

午後も、かなり遅くなっている。

映生は病院の廊下を歩くことにして立ち上がった。できるだけ歩いて、足の筋肉を保たなければならない。医師の話では、うまくいけば後一週間かそこらで退院になりそうだが、家に帰っても足が弱っていたら、生活が不自由なのを、彼はこれまでの体験で思い知らされていたのだ。

両側に病室のある幅三メートルほどの病院の廊下は、東西方向に長く伸びている。聞いたところでは、八〇メートルあるそうだ。足をしっかりさせなければならない入院患者は、この廊下を往復歩行するので、彼もその一人というわけであった。点滴棒を引き摺ってである。

今は人影はない。

外からの光と廊下自体の照明が入りまじって、静かなのだ。

自分の病室を出たところで映生は、いったん息を整え、廊下の遠い両端を見てから、左——つまり東の方向に歩き出した。体のバランスがうまくとれなくなっての点滴棒曳(ひ)きなので、ガラガラペッタン、ガラガラペッタンという音と共にである。

途中、一つの病室から、いろんなものを載せたワゴンを押して、看護師が一人出て来た。歩いている彼に注意を向けることもなく、別の病室に入って行く。

廊下の東の端に来た。腰の高さから上が半透明ガラスの大きな窓である。彼はそこで少し休むと反転して反対方向へと歩行を再開した。

今度は誰にも出会わなかった。入って来る日光を受けた廊下を、ガラガラペッタン、ガラガラペッタンと進んで行く。

西の端に近づくにつれて、眩しくなってきた。そちらの突き当りの窓は東端と同様の造りながら、なぜか透明なガラスが使われており、今は真っ向からの西日が差し込んで来ているのである。

窓辺に到達した映生は、腰の位置にある窓枠に寄り掛かって、外を眺めた。

ガラスの向こうは、左右に伸びるコンクリートの外部通路と、胸ぐらいの高さの仕切りである。西日に輝いているのだ。そしてそのかなたには、六階から見渡す都会の風景が広がっているのであった。屋根に半分覆われた私鉄終着駅の何本かのプラットホーム、線路をまたいで架かる道路、ショッピングモール、タワーマンション、Xの文字を重ねたような非常階段を持つビルなど。いつもそうなので見慣れた人間には退屈な景観が、である。そのはずであった。

しかし。

窓の外に見えるのは、都会は都会でも違う都会なのだ。たしかにビルや家々はひしめいている。人も車も動いている。だがビルたちは総体に低く、小さかった。瓦（かわら）屋根の家が寄り合っていた。派手な看板を掲げた店々もあった。走る車はみな懐かしいかたちで、人々の服装もどこか地味なのだ。

これは――。

これは昔の町ではないのか？　そう……彼が学生であり若い社会人であった頃の都会ではないのか？

こんな――。

自分は夢を見ているのであろうか。それともこれは、幻覚だというのか？　眼下にあるのは、まぎれもない過去の町なのだ。

みつめていたが、過去のものらしい町は消えない。

これは幻視なのであろうと、彼はおのれに言い聞かせようとした。本物としか思えなかった幻覚。病室のあの幻覚と同類のものであろう。だったらそれでいいのだ。実在するのかもしれない幻覚だというのなら、それでもいいではないか。

彼は窓枠を押さえていた手を上げて、外の風景をみつめた。風景はまだ見えているのだ。存在しているのだ。

突然、奇妙な思考が浮かび上がってきた。

現実としか思えない幻覚というものがあるのなら、こちらがその実在を信じ、自分もその中に入って、その一部となることもあり得るのではないか。あり得たっていいのではないか。

何か音がした。

背後からだ。

彼は振り向いた。廊下のずっと向こうから、ワゴンを押して看護師がやって来るのである。

あの看護師がこの窓から過去の町を見たら何というだろう。それとも彼女には、いつもの今の都会しか見えないのだろうか。

どうなのだろう。

彼は窓の外に視線を戻した。

幻覚か実在か不明の景色は、もう消えていた。視野にあるのは、屋根に半分覆われた私鉄終着駅の何本かのプラットホーム、線路をまたいで架かる道路、ショッピングモール、タワーマンション、Xの文字を重ねたような非常階段を持つビル、であった。黄ばんだ日光がかぶさる現代の都会。

病室に戻るだけのことであった。

(6)

上昇していた感覚が消えた。気がつくと目の前にドアがある。金属板を組み合わせた、ずっとずっと昔のエレベーターのドアなのだ。男が何もしないでいるうちに、それはがらがらと音を立てて開いた。開くとそこは、小さな屋上である。

それきりドアは動こうとしない。白い小さな屋上を見せたままだ。

男は少しためらってから、ドアの外に出た。自分がなぜここに居るのかわからず、これから何をしたらいいのかも、不明なのである。正面、屋上の縁の空が青く晴れていたから、誘われる感じでふらふらと出たのだ。

まことにささやかな屋上であった。五メートルほど先はもう屋上の端で、その右も左もそれに見合った広さである。しかしつい最近塗り替えたばかりのように白いのであった。

男は後方を見た。

今出て来た出入口がある。といっても、まだ開いたままのエレベーターのドアが、コンクリートの構築物に包まれているだけだ。エレベーターの駆動システムとの関連が、どういう構造になっているのか、男にはまるきりわからなかった。

そしてその出入口の背後。

前面よりも大分広い屋上が広がっていた。やはり白いその屋上に、奇妙なものが鎮座していたのである。

紙ヒコーキ。

そう。

飛行機と言うより、ヒコーキと表現すべきであろう。紙を折り畳んで作り、手に持って飛ばすあれ、なのだ。そうとしか言えない形状なのであった。薄い茶色だ。

しかし、紙ヒコーキのように小さなものではない。大きかった。ヘリコプター位あるのではないか。もっとも、普通のヘリコプターでは回転翼があるから、この程度の面積の屋上では、はみ出てしまうであろう。

男は「ヒコーキ」に歩み寄った。

よくわからないが、薄くてしなやかな材料を使った、それでいて結構しっかりした感じの機体である。のみならず、本当の戦闘機か何かのように、ちゃんと操縦席が設けられているのであった。いや、操縦席は言い過ぎかもしれない。本来なら操縦席があるべき位置に、簡単な椅子が組み込まれ、その前面に風防ガラスが立っているだけなのだ。計器盤もなければ、その席に就くために開く扉さえないのだ。

だがそこで突然男の耳に、声が入ってきたのである。

「乗ッテ下サイ」

男は動きを止め、耳をすました。どこから言われているのか……首をめぐらし手を耳たぶに持ってきても、どこからでも聞こえてくるようで、把握できない。

「乗ッテ下サイ。中ニ入ッテスワリサエスレバイイノデス」

声は促す。

女性の声のような……あるいはAIから発せられる音なのか……判断がつかなかった。

「………」

男がじっとしていると、また声。今度は長かった。

「アナタハ自分ガ何者デ、何ヲシタライイノカワカラナイノデショウ。ダッタラ乗レバイイジャアリマセンカ。乗レバ、何カ手ガカリガツカメルカモシレマセン」

「………」

男は考えた。

言われてみればなるほど、男は自分のことがわからないのであった。頭の中が白くなっているばかりだ。

そうするか。

乗るか。

男は機体に手をかけて、中に入った。座席に腰を下ろす。結構柔らかなシートで、ゆっくりすわることができた。

だが、それでどうなのだ？

目の前に風防はあるけれども、計器盤も操縦桿(かん)らしいものも存在しないのだ。もっともそれらがあったところで、何の知識もない男には、どうしようもなかっただろうが。

だしぬけに男は、体がぐいと持ち上げられるのを感じた。「ヒコーキ」が垂直に上昇したのだ。

風防のかなたは、霧になっていた。白く濃い霧と薄い霧が交錯し、絡み合って渦を作っているのである。

上昇速度がゆるんだ。昇りつめたようであった。

すると「ヒコーキ」は、滑空下降に入ったのである。渦巻く霧の中、大きく旋回しながらだ。

しかし突然、すべてが停止したのであった。「ヒコーキ」は、どこかに着地したのである。霧が、あっという間に消失した。風防のかなたも、いや「ヒコーキ」の周囲も、鮮明になった。鮮明ではあるが、古い写真か何かのように、セピア色なのだ。セピア色の町である。木造二階建ての長屋、看板を掲げた商店、小さな工場。しかもそれは生きていた。人々が行き来し、箱形の細い車輪の自動車や、馬が引く荷車、荷を積んだ自転車が、動いているのだ。そうした町中の道に「ヒコーキ」は着地したのであった。

「ココデ生キテユキマスカ?」

どこから聞こえるのか見当もつかないあの声が、男の耳に入ってきた。「生キルノナラ、降リテ下サイ。返事ガナケレバ、ココカラ離レマス」

「…………」

男は何も言わなかった。それだけでは自分がどうしたらいいのかの思考が出て来なかったのである。

一秒、二秒、三秒、四秒……一〇秒。

再び「ヒコーキ」は上昇した。もう霧の中であった。

上昇。

そして、旋回しながらの降下。

停止。

霧が消滅し、視界が開けた。前よりずっと広い視界だ。

「ヒコーキ」は、山頂とおぼしい場所に来ていた。自然の山ではなく人工のそれらしい。その一番上の円形で平らになったところに駐まっているのである。遥(はる)かな周囲に、ここと同じような山々が見え、それらは計画に従って築かれたような規則的な配置である。下の――谷のほうにはあちこちドームが突っ立っており、ドームを注意深く避ける感じで、川が流れている。川も空も青かった。山々や谷は灰色であった。

「ココデ生キテユキマスカ?」

声があった。「生キルノナラ、降リテ下サイ。返事ガナケレバ、ココカラ離レマス」

「…………」

やはり男は動かなかった。どうすべきか判断できなかったのである。

上昇。

短い静止。

旋回下降。

男は、四方八方から何かが殺到して来るのを認めた。人間なのだ。普通の人間より大分小さい、背中に透明な羽根を持った人間。いやそれを人間と呼んでいいのだろうか。そして体を赤や緑や黄や紫色に塗りたくっているのだ。それが何十、何百と集まって来て、さらに集まって来る。

が……かれらは「ヒコーキ」までたどりつけなかった。「ヒコーキ」の手前で手や足を振っている。「ヒコーキ」が何らかの方法で止めているのだ。

「ココデ生キテユキマスカ？　生キルノナラ、降リテ下サイ。ソノ間、バリアーハ、止メマス。返事ガナケレバ、ココカラ離レマス」

「…………」

男は無言であった。羽根の生えた小さな連中と共に生きるなんて、考えられなかった。「ヒコーキ」は舞い上がった。

次に到着したのは、草原であった。しかしあちこちに大きな穴があり、穴から巨大な芋虫みたいなものが、出て来たり引っ込んだりしているのである。男は「ヒコーキ」を出なかった。

そしてそれで、おしまいであった。気がつくと「ヒコーキ」は、元の白い屋上に戻っていたのである。もはや例の声は聞こえなかった。男がじっとしていると、ボワン、ボワンという感じで、外側から機体が消えていったのだ。

男は屋上に残された。

なすこともなく、というより本能的に男は、乗って来たエレベーターのドアを包んでいたコンクリートの構築物の正面へと、回って来た。

エレベーターのドアは、まだそこにあった。ずっとずっと昔の型の、手動式エレベーターのドア。

ぐらぐらと、めまいが襲って来て、男はよろめいた。

やっと体を立て直して見ると……目の前にあるのは、普通のエレベーターのドアであった。

マンションの最上階に住む男の、自分の階の、いつものエレベーターの前に居るのだった。

麻痺(まひ)していた男の頭脳が復活した。男は自分に還(かえ)り、エレベーターを呼ぶボタンを押したのである。

夢だったのだろうか、と男は考えた。

夢だったのなら、それでいい。

夢でなかったのなら……今のが実際に起きたことだったとしたら……。いやそれは考えるまい。自分はついに「ヒコーキ」を出ずに帰って来た。それでいいのではあるまいか。それでいいのだ。

(7)

映生はシャープペンシルを置いた。

今夜の点滴が終わった後、つづきを書きだしたのだが、何とか脱稿してみると、もう夜半に近かった。早く寝たほうがいい。医師からは、この調子なら一週間かそこいらで退院できるだろうといわれているのに、へたに無理をすると、また先になってしまうだろう。(もっとも、退院しても家で無理すれば何にもならないが)

今書いた原稿を読み返す。

この話の男、元に戻った。日常に帰って行った。初めからそのつもりの話なのだ。けれども一方で映生は、「ヒコーキ」が到着したどの世界にでも、もしも住みついたらどうなるかを、頭に置いていたのだ。まあそれを書くとすれば、もっと準備もし長くしなければならない。

と、そのこととは別に、変な想念がちらついていたのも事実である。もしも現実ではない世界、あり得ないようなところに入ってしまったら、それが今度は現実になるであろう。だとすれば、今の自分が幻視・幻聴・幻覚と信じていることも、もっと異様な事柄も、現実であり得

ではないか、

るのではないか？　そういう現実が存在しているのを否定することは出来ないのではないか、

という想念が、ちらちらしていたのであった。

しかし。

今は、寝る支度にかからなければならない。

(8)

一一日後。

いや、退院したのは、言われていた通り一〇日後だったが、家に帰ってから溜まっていた用事を片付けにかかったところ、多すぎて結局は何もできず、丸一日を空費してしまったので……動き出したのはさらに一日後になったのである。

一一日後。

そろそろ正午だ。

地下鉄で新大阪に来た映生は、エレベーターとエスカレーターで、新幹線の階に入った。

久し振りの新幹線である。

年を取ってからは上京の頻度が落ちてしまったけれども、病気になるまではまだそこそこ乗っていた。しかし発病以後は体力も気力も衰(おとろ)え、東京に行く用も減ってしまったせいで、このところ新幹線とはご無沙汰だったのである。だから逆に、今度の退院のあと(運良くと思うべきなのであろう)小康状態がつづいているのを幸い、行ってみることにしたのであった。半分は体力テストを兼ねてもいる。用と言っても、所属する作家協会の年次懇親パーティーと、ある作家を偲ぶ会の二つで、会場のホテルも時刻も同じなのだ。どちらも無理をして出席する義理のない性格の会合なので、気楽に両方に顔を出してハシゴをするつもりであった。二つの会に出た後、これまでいつも泊まっていたホテルに戻り、そうなればついでだから、現在は東京に帰っている娘の奈子と翌日の昼過ぎにホテルで食事を共にして、夜までに大阪に帰る――というスケジュールを組んだのである。体も、今の調子なら大丈夫ではあるまいか。

自販機で切符を買った。グリーン車である。

それから食べ物。胃を切られて一時に多くは食べられないから、おかずはとりどりだが小型の弁当を選んだ。

車室は空いていた。窓際のA席に腰を下ろして体を伸ばす。

発車。

よく晴れた日で、たちまち日光がわっと射し込んで来ては消え、射し込んで来ては消えて、あとは照りつづけになった。眩しいので日覆いを下ろしたが、全部閉めると隠遁の感じになりそうなので、半分は残したのだ。

ゆっくりと弁当を食べ始める。時間をかけてよく嚙まなければならない。よく早食い競争をした若い日のことなど忘れて、である。今はうかつな食べ方をしたら、たちまち誤嚥性肺炎になるのだ。既にその複数回の経験者なのである。だから一口ごとに五〇回、七〇回、一〇〇回と嚙むのであった。

思えば新幹線に乗るようになって長い。

というより、「東京通い」を何年やってきたであろうか。大阪に生まれ育って、東京なんて遠い遠い世界だと思っていた自分が、だ。だがそれも、少なくとも彼にとっては、致し方のないことであった。かつては、地方に住んで物書きになろうとすれば、その地方のいわば名士になるか、東京の出版界の一角に食い込んで東京でつかんだ名前を地元で活用するかの、どちらかしかなかったのである。ぱっとしない月給取りで、しかも地元べったり感覚の私小説や周囲告発記にはどうしてもなじめなかった彼は、後者の道を選んだのだ。現代はもっといろんな方法があり、才覚でどうにでもなるが、六〇年以上も昔は、それしか道がなかったのである。(あったのかもしれないが、彼は知らなかった)そうなのだ、原稿ひとつ送るについても、まだコピーというものがなく、控えを取ろうとすれば手で書き写すかカーボン紙を使うしかなかった時代↓速達が間に合わなければ航空便で送れた時代↓ファクシミリというものが出てきた時代↓パソコンで打ち込みネットで即時送れる時代、という過程を、彼はまるまる体験してきたのである。正確に言えば、パソコンもスマホもやらないガラケー派の彼は、この過程の途中で停止しているわけで……まあどうせじきに死ぬんだからそれでよし、このために世に受け入れられないというのならそれでも結構——で来ているのだ。

東京。

幼い頃から大阪の町中での暮らししか知らなかった彼にとって、東京は日本を代表する都市、首都であり魔法の町であった。奇妙な言い方になるかもしれないが、列車の中で一晩寝れば、富士山が見え、有名な町や建物で一杯の大都会——というイメージだったのだ。(後になって彼は、大阪もまた大大阪として勢威を誇ろうとしていたことを知るが、しかし大阪といっても平素黙殺されているような平凡な町中で暮らす彼にはそうした事情は無縁だったのだ。そもそもが、イメージの大都会と、窓際に家々やビルのひしめく目の前の都会は全くの別物だったのである）

そんなわけで、戦争がまだつづいていた子供の頃、すでに聞かされていた「弾丸列車」は、彼の頭の中では砲弾の形をしていた。黒色で、ビューと飛ぶのであった。

——という東京へ、映生が初めて行ったのは、大学に入ってからである。一つのグループをなすいくつかの大学が、試合場を毎年移しながら開催する柔道の大会に、部員として参加したのだ。行きは部員一緒の昼間の急行列車だったが、帰りは各自ばらばらの鈍行であった。鈍行だと、東京から大阪まで一四時間かかったのだが、彼にはそれで納得であった。東京とは遠くて当然の別世界だったからである。

学校を卒業してから、岡山に複数の工場を持つ中堅のメーカーに就職し、一年弱、海辺の工場で勤務した後、大阪本社に配属になった。当初は有能なビジネスマンになろうとして頑張ったが、安定経営を旨（むね）とする会社の中では空回りの格好になり、へたばり、転進を考えるようになった。転進とは、学生時代に結構（本人としては）本気で取り組んでいた文芸の道へだ。それで生計を立てるには至らなくても、おのれのアイデンティティーを示せるようになればいい——と考えたのである。後になって思えば、根拠薄弱な自己過信だったが、勤めながらの数年間の投稿生活・同人誌参加となった。

成果は、皆目あがらなかった。彼の書くものは他の人にとって、どこか違っていたらしいのだ。現在の彼にはわかるのだが、それは大学時代に柔道部員として培われた意識やビジネスマンとしての常識・感覚が、当時の文芸の世界とは相容れないものであったからではあるまいか。ああそれに加えて彼は、何がきっかけでそうなったのか簡単には言えないが、自然科学に興味を持ち、その方面の本もあれこれ読んで愛読書もあり……それらの多面的なものの見方も、書くものの中に持ち込もうとしていたのだ。（こうした生活感・世界観は、現代ではあって当たり前、ないほうがおかしいとさえ見られるであろうが、繰り返すけれども当時は「余計なもの」だったのだ。また言うが、少なくとも六〇年前の、二〇代前半の彼には、そうだったということであろう）とにかく彼にとって、あれもこれもと目を通す同人雑誌、いやそれらのみならずれっきとした文芸誌までが、面白くなくなっていた。書くことなんて、もうやめたほうがいいのではあるまいか、という気さえしてきた。早くに結婚して当時の言葉の「共稼ぎ」に入り、会社が斡旋してくれた社宅に引っ越した。

その社宅のことをやはり書きたい。

マンガにしたほうが、感じをわかってもらえるかもしれない。

要するに古い平屋四軒長屋の、その一戸だけが社宅だったのだ。何かのはずみで会社が買い取らなければならなくなったため、そういうことになったらしい。夜中にはネズミが走り回って服の裏地をかじったりし、家の十ヵ所以上が常時雨漏りした。先住の営業の係長夫婦が転居するので空いたのである。入居中に襲来した第二室戸台風のさいには、路地の塀が倒れ屋根瓦は大方飛ぶか割れるかしてしまったのだ。近隣の人たちにはよそもの扱いされるし、で、なかなか大変だったのである。その社宅でせわしない毎日を送りながら、自分たちはもう潰(つぶ)れるのではないか、もうへたばるのではあるまいか、との心境に陥(おちい)っていたのである。

そうだったのだ、と、映生は思った。あの頃あのままだったら、本当に潰れていたのではないだろうか。

車内アナウンスが、間もなく京都駅だと告げている。

映生は、車窓の日覆いを上げた。もう日光は入って来ない。列車が速度を落とすのにつれて、外の川や建物がよく見えてきた。何十回、いや何百回も眺めたはずのこの景色。

停車。

グリーン車だがそれなりに乗客が入って来る。しかし横には誰も来なかったのだ。

発車。

映生は、倒したシートに背中を委(ゆだ)ね、両腕をだらりと脇の隙間(すきま)に垂らした。グリーン車のシートの幅は広く、それだけの余地があるのだ。老いた体には楽で、助かるのである。

そして、再び回想の中へ落ちて行く。

ある夜。

会社を出て少し書店を覗(のぞ)き、残業で遅くなった妻の朗子と待ち合わせた映生は、二人でナンバの喫茶店で食事をし（スパゲティ・ナポリタンとコーヒーだった）帰宅すると、封書が来ていた。中に、手紙と、タイプ印刷の同人誌らしい冊子が入っていたのだ。差出人は大岡山黎、となっていた。

突然お便りを差し上げます――という挨拶文から、その手紙は始まっていた。「月刊ＳＦ」の編集部に居る友人が、あなたの作品を拝見し、面白いから参加を呼びかけてみたらどうかと言うので、われわれの「ＳＦ創作クラブ」への入会をお勧めしたいのです――という主旨の書状だったのである。

いや、これだけの記述では、何のことやらわかってもらえるわけがない。

話が前後してしまったが、これまでの「頑張り」が、もはやあがく感じになりかけていた頃、映生は、会社の経理部に居た一〇歳ばかり年長の社員に、今度、「月刊ＳＦ」というＳＦ専門の月刊誌が速風書房から出る――ということを教えられた。その麦本という社員は、会社の経理の仕事の傍ら、公認会計士になるための勉強をしており、かつ、世間のいろんな動向にも敏感で、当時ときどき話題として顔を出すようになっていたＳＦにも関心があったのだ。ちなみに、その頃はＳＦなる単語は世間には通用せず、空想科学小説と表記されていたのだから、麦本は世の中の少し先を行っていたということであろう。そういう人物であった。実際麦本は、それから三年かそこらで公認会計士補（この資格は二〇〇六年に廃止された）に合格し、会社に暫く居たものの、間もなく辞めて会計事務所を持ったのだから、他のいわば「家庭的ぬるま湯受容社員」たちとは違っていたと言える。ついでに述べれば、そうした麦本に嫌悪感を示した者は少なくなく、ことに経理部員にその傾向が強かったようだ。

「月刊ＳＦ」の創刊号は、この分野に通じた者には「まことに壮観」だったとすべきであろう。すでに海外では傑作と評価されていた作品が、ずらりと並んでいたのだ。もっとも、映生を含めて海外のＳＦ事情にうとかった人間には、そのときにはぴんとこず、しかし凄い作品ばかりだなと思っているうちに記念碑的作品だったのかと悟る——という過程をたどることになったわけである。

そして正直に言えば、それらはそのときの映生には「考えさせてくれるがやはり娯楽小説の一つのかたち」であり、自分が書こうとしているものとは別物だったのだ。

でも面白い。

こういうものなら楽しんで読めるし、気楽に書けるのではないか。

そして実際彼は、おのれを解放する気分で好き放題に、書きたい話を書いたのだ。シャカリキにもならず格好の良さそうな比喩も使わず、とにかく読んでわかってもらうように筆を走らせたのである。馬鹿話だと笑われようとも構わなかった。そして仕上げた短編を作品募集をしているわけでもない「月刊ＳＦ」の編集部に送ったのである。売り込もうという気持ちもあまりなく、「おたくの雑誌を読んでいたら、こういうものが書けました」と言いたい感じで投函したのだ。だから繰り返すが肩の力は全く抜いた誰にでも読んでもらえそうな書き方にした——ということである。（ついでに述べると、文芸だ文学だ人生だ問題意識だと凝り固まって書くよりも、遥かに楽しかったのだ）

もっとも、今言ったこととはいささか合わないが、彼は、送り先の編集部からの反応を、心のどこかで期待していた。自分が、やっても無駄なことをしたと確認するのは、やはりどこかいまいましかったからだが、同時にごみ箱行きだろうとの覚悟もしていたのである。

が。

「月刊ＳＦ」の編集部から、手紙が来た。差出人の名前をはっきりとはしるさずイニシャルだけでの手紙で、ちゃんと、お原稿嬉しく拝見しましたという挨拶からだったものの……なかなか厳しい内容だったのだ。あなたの作品はまだ小説になっていません……しっかりしたプロットもなしに途中からアイデアを次々と入れて行くのでは、ミステリやＳＦは成立しません……急いで書いたのが見えるようではだめです、エトセトラ、エトセトラで、しかし最後に、編集部にいろいろ送られて来るものの中では、あなたのアイデアが面白かったので、手紙を出させてもらいました、とあった。この文章がなかったら、彼はこうしたたぐいの作品を書くのを、断念していたのではあるまいか。（それとも、すぐに思い直して、そうしたＳＦもどきにまたとりかかっていたのかもしれぬ）そしてその手紙には追伸として、近く速風書房ではＳＦのコンテストをする計画だから、ぜひ応募して下さいともしるされていた。

つまり。

――ということがあって、それから一ヵ月以上が経過してから、先に述べた「ＳＦ創作クラブ」からの入会勧誘が来たのである。

話がますますややこしくなってしまったであろうか。

こうなれば仕方がない。

この間の事情を客観的に、もっと詳しく説明する。

「月刊ＳＦ」は、速風書房が、これからはＳＦが読まれる時代が来ると言う何人かの社員の意見を容れて、社長が発刊に踏み切った月刊誌だ。本来速風書房の社長は詩人で演劇愛好家で（大相撲の熱心なファンで柔道にも長じていたらしい）自社で出している詩や演劇の雑誌の売れ行きが芳しくないために、海外ミステリのペーパーバックのシリーズを始め、それが大当たりになって、業績を上げて行ったのである。そしてミステリとＳＦはいわば姻戚関係にあるとされていたために、ＳＦのペーパーバック・シリーズ「ソクフーファンタジー」の刊行に踏み切った、と、映生は聞いている。「ソクフーファンタジー」のスタートの売れ行きがどの程度のものであったかは具体的に何も知らないけれども、とにかくかたちとしては「ソクフーミステリ」と並ぶ月刊誌「ＥＱＭ」と同様に、「ソクフーファンタジー」と「月刊ＳＦ」のコンビができたわけであった。

ついでに述べると、それまでの出版界ではＳＦに手を出すと必ず失敗する、へたをすると会社が潰れると言われていたという話である。

かつ。

この時期には映生は何も知らなかったが、そういう状況を反映していたのでもあろう、「月刊ＳＦ」の編集長会津正巳は、自分たちが発進させた雑誌を、アマチュアのお遊びではなくれっきとした商業誌として確立しようとしていたし、その何年か前にＳＦ愛好者たちの創作集団として活動を開始していた「ＳＦ創作クラブ」のほうは、文学的完成度などは一切顧慮せずＳＦ性そのものを追求しようとしていたので、両者のめざすところはその意味では真逆であった。しかも「月刊ＳＦ」が今後どうなるかわからぬ危なさも内包していたのに対し、「ＳＦ創作クラブ」が毎月出すタイプ印刷の同人誌「原始惑星」に掲載される作品は、ときどき他のミステリ関係の商業誌に転載され、作者紹介をされるのである。「原始惑星」に作品が掲載されるためには編集同人たちの決定がなければならず、掲載される作品のページ数に応じて、同人費の他に掲載料を出さなければならない。また、他誌に転載され原稿料をもらったときには何パーセントかを「原始惑星」の編集部に支払う定めもあった。「ＳＦ創作クラブ」の編集同人であり「原始惑星」の実質的編集長であった大岡山黎は、それでいいとしていたようである。

だがそうした時代に、ＳＦ好きがそんなにたくさん居たわけではない。一人から一人へとたどってゆくと、みんながつながりかねない状況、とすべきであろうか。そうなのだ、その速風書房に在籍し「月刊ＳＦ」の副編集長を務めていたのが林良宏（はやしよしひろ）という会津や大岡山よりは若い人物で（ついでに言っておくと、そのときの「月刊ＳＦ」の編集メンバーは、会津と林の二人だけだったのである）同時に林は、個人としては「ＳＦ創作クラブ」の同人でもあった――と言うと、ははんそういうことかと頷いてもらえるのではないだろうか。つまり……「月刊ＳＦ」の編集部に配達された浦上映生の原稿を、たまたま林良宏が読むことになり、このままではこの作者はとても使い物にはならないけれども、少しはアイデア力を持っていそうだから「原始惑星」で勉強させたらどうだろうと考え、「ＳＦ創作クラブ」の大岡山黎に連絡をした、というしだいなのであった。

　長い説明であったことをお詫(わ)びする。それも伝聞を伴った説明である。実はこれらの事情の幾分かは、ずっと後になって関係者から聞いたものであり、林良宏もその一人なのだが、そしてまあ、そういう時代だったのだろうと納得もしているが、何がどこまで本当だったのかと尋ねられると、彼には明確に答えることはできないのだ。

　でも彼は、妻と二人で帰り着いた家、少し歪(ゆが)んだ家の暗い光の下で開いた大岡山黎の手紙に同封されていた「原始惑星」の表紙を、いまだに忘れることができない。その頃の同人誌といえば、多くが謄写版による印刷で、文字は手書きであった。多少資金事情に恵まれているものはタイプ活字であるが、これだって中身は謄写版印刷である。ちゃんとした活字のちゃんとした印刷は、商業誌でしかあり得なかった。書いたものがいわば「公刊活字」になるというのは、市販されている刊行物に載るということだったのだ。いやこんなことを書き連ねるのは、時代錯誤であろう。とにかく「原始惑星」は堂々としたタイプ印刷で、表紙は本当の印刷だった。映生が忘れられないというのは、その「原始惑星」という斜め明朝体の誌名の上にはっきりとしるされていた文字なのである。それは、
　空想科学小説専門誌。

　だったのだ。

　他の要素はどうでもいい。「空想科学小説」専門誌なのである。

　それがつまりは、大岡山黎を始めとする「ＳＦ創作クラブ」の矜持(きょうじ)だったということであ

ろう。文芸愛好家などがよしとする諸要素を切り捨てることを宣言していたのだ。（そう言えば次から次へと作品を書いていきながら、自分はあれやこれやに顧慮していたなあ、と彼は思ったのであった）だからこれは、だったら結構ではないかいいではないか、ここで自分の好きなようにどんどん書けばいいではないか、そしてこの「原始惑星」にも容れられなければ、そこからさらにおのれの好きな道に進んで行ったらいいではないか――とも思ったのである。

　そんな気分で眺めていると、その「原始惑星」（たしか、33号であった）の表紙は、社宅のあかりの下、ぼうと光を放っているようであった。

　映生は顔を挙げた。

　細かい高速の不規則振動と共に、列車は突っ走っている。開業の日以来これでもかと言いたくなるほど東海道新幹線に乗った彼には、窓の外を眺めただけで今どのあたりに来ているのかわかるのだが、今目を向けたところでは、それほど長くぼんやりしていたわけではなさそうだ。

　弁当を食べなければならない。

　食欲はあるのだ。

　胃をあらかた切り取られてしまったから、食べたいだけ食べることはできないのである。それでも彼はときどき食べ過ぎることがあって、そうなると苦しいのだ。のみならずよく嚙んでゆっくりと食べなければ厄介なことになる――というような制限が多いのであった。昔なら列車がここまで来る前に、ぱくぱくと食べ切っていたであろう。

そういえばこの東海道線での東京行きにはさまざまな雑多な記憶がある。ま、在来線の東海道本線と今の新幹線の線路は同じではないのだから、一緒にするのは強引だが、彼の意識の中では重なっているのだから、いいとしよう。

「SF創作クラブ」の月例（？）会合に初めて参加したのは、はっきりとは覚えていないが、入会してから三、四ヵ月経ってからである。休日の昼間に、東京の同人の誰かのところで開かれるらしかった。彼は、その頃やっと、事前に申し込まなくてもダイヤルを回すだけでかかるようになった東京への長距離電話で、大岡山と話し合ったのだ。ちなみに、彼と妻が居住する例の社宅には、まだ電話はなかった。電話というのは、順番を待ち定められた権利金みたいなものを納めて、やっと取り付けてもらえるものだったのである。だから彼は、会社での執務中、周囲に人がいないのを見定めて、会社の電話を使ったのである。見つかったらうるさく言われるところだが、多くの社員が似たようなことをしているのも事実であった。家族的経営のほころびと思うべきかもしれない。とにかく以後も彼は何度も、大岡山に「隠れ電話」をしたけれども、正式には発覚しなかったのである。

実際のところ、東京と大阪の間に圧倒的な距離感があったこんな時代に、大阪に住む会員（同人にしてもらったのは少し後のことである）の映生が、そんなに急いで例会に参加する必要はなかった、というより、これはという催しでもあれば出席するだけでよかったであろう。

なのに彼が積極的に東京での例会に出たのは、大岡山の勧誘によって入会し、一つ二つ送った原稿が、思ったよりも評価され、すぐに「原始惑星」に次々と掲載されることになって、いわば生気を取り戻し、闘争心ともいうべきものが燃え始めていたからである。書けばそのぶん受けとめてくれる感じだったのだ。本当かどうか知らないが後で耳に入った話では、当時の「原始惑星」は競争激甚で、なかなか原稿を掲載してもらえない――という状況だったそうだから、幸運だったのであろう。おそらくこれは、彼が「原始惑星」に作品を送るにあたって、これまでの書き方を捨て、あえて、誰にでもわかってもらえる文章を心掛けたのが、有効だったに相違ない。出す先は「空想科学小説専門誌」なのだ。世間の日常的感覚から外れていても、自然の法則や科学的原則からすれば当然の事柄は、自由に書くべきであり、それも、一読理解できるように表現すべきなのだ。これまでおのれを殺し鞭(むち)打つようにして絞り出してきた、気負った、自分だけにしかできない文学的表現、などというものを放棄しなければ、そうはならないのである。そんな平易なありふれた文章と言われてもいいから、まず、書く内容を伝えなければならない。筆達者や巧者となる前に、それができなければならない。

しかしもう一方で「SF創作クラブ」の月例会は、新しい、これまでになかったアイデア追求の場であった。いや、文章をどうこう言う前に、既存の感覚をいかに打破するか、が勝負だったのだ。彼は必死でみんなについて行こうとしたのである。

いや、実際のところ、彼がそう念じて意識的に方向転換をしたのかと問われれば、やはりこれは、肯定一割、否定九割とするのが正しいであろう。白状すると映生は、結婚した頃から(あわよくばプロの物書きになろうとして)これでもかこれでもかと勝負のための文章をぬたくってきたこの数年、おのれの書くものがだんだんと、嫌になってきていたのだ。お前はこういうものを書いて終わる一生を求めているのか、そんなに格好をつけてこれが文学と言いたいのか、自分自身はどこにある——と、うんざりし始めていたのである。だから、下手でも裸（はだか）でもいいから自分のままの文章で、一般世間の流行などとは縁がなくとも、書きたいものを書き綴るということが、彼を駆り立てたのであった。

「SF創作クラブ」の月例会には、結果として何度か出席したが、彼はことにその初めてのときのことを、よく覚えている。例会の会場はふつう、目黒にあった大岡山の自宅のようであったが、このときは光伸一の家であった。光伸一は「SF創作クラブ」が結成されたときの同人で、すでに世の中に作品が紹介され、有望な新人として注目されだしていたから、その家が例会の会場になるのは不思議ではない。しかし映生は、まだ光伸一の写真を見たことがないものの、その亡くなったお父さんというのが、有名な製薬会社の創業者・社長であり、大学も設立し国会議員でもあったということは知っていた。そして当日、他の同人や会員とも合流して、大岡山に連れられ光邸に行ったのであった。ここでこういうことを言ってもあまり意味がないのだが、大阪のほとんど下町とすべき地域での長屋での借家生活しか知らなかった彼は、空襲で焼け出されて堺（さかい）市に移り、その堺市から大阪市に引っ越して来るまで、豪邸とかお屋敷というものには全く縁がなかった。なのに当座の半年位のことながら、父親の仕事の関係で、社長の私邸の撞球（ビリヤード）場が本社事務所になり、彼ら一家はその邸宅の離れに住むことになったのだ。離れといっても、本宅や池や築山や複数の通り抜けコースの奥にある七室の独立の立派な家なのである。ろくに何も考えない年代と立場の少年として、彼や弟妹は勝手気ままな毎日を過ごし、ずいぶん迷惑を掛けたのであった。（弟が庭の池で飯粒で魚を次々と釣ったり、冗談半分に押した元禄時代の石灯籠（いしどうろう）が下の邸宅に落ちてクレーンで吊り上げる騒ぎになったり、その他いろいろ）そして彼が、そういうものなのかと思ったのが、本宅の廊下に敷かれた虎の皮とか、庭の高台にある四メートルもありそうな大きな石灯籠、さらには社長の家のばあやを始めとする女たちと男衆。たえず食べ物の匂いがしている大きな台所、だった。大きな屋敷というのは、そのように彼の心に焼き付けられたのである。

さて、光家。

かつて住ませてもらった父親の会社の社長邸宅と比べて、企業体や名前などからしても、今度はさらにさらに豪邸なはずであった。ところが（どういう理由でか、どうなっていたのか不明ながら）光家は、大きいことは大きいのだろうが、示威もひけらかしもない、きちんとした造りの、そう、小説や映画に出て来る邸宅で、彼は、これが成金ならぬ本当のお金持ちかと思ったのである。もっとも、後で考えれば実はそんなに詳しく覚えているわけではなく、もう少し近代的な風通しの良い建物だったような気もする。

とにかく。

会場である部屋に他の人々と入った映生は意表をつかれた。出て来た光伸一が、背が高くてたくましく、快活な感じの人物だったからである。それまで読んだ作品の印象から、彼は何となく、小柄で金縁のめがねでもしたむずかしそうな人ではないか――と、勝手に想像していたのだ。だから衝動的に言ってしまった。

「光さんって、大きい人ですね」

一〇歳ほど年上だったはずの光伸一は、明るく笑って応じたのだ。

「ラグビーかフットボールの選手みたいで、びっくりしたでしょう」

それは全く「開けっ広げな快活さ」であった。年月が経つにつれて映生は、光伸一がいつもそんなに朗(ほが)らかなわけではないということ、というよりこのときにも心の中に屈折を内包していたのではないか——との気さえするのであるが、その瞬間の映生にとっては、ぱっと明るいものだったのである。それも、そう思ったというだけでなく、実際に視野が明るくなるのを感じたのであった。

だが、遠い昔であることは事実だ。


列車はカタカタ、ゴン、ゴンゴンゴンタタタと、駆けつづけている。

小さな包みの弁当で、しかもよくよく噛んでいたけれども、そろそろ終わりであった。セーブしたつもりながら、これでもまだ食べ過ぎということになるかもしれない。どうなるかは、その日その日の体調にもよるのである。包み紙はゴミ回収が来るのを待たず自分で捨てに行って、戻った彼は窓の外に目を向けた。といっても、放心なのである。もう何百回も（それ以上？）やったように。

そうなのだ。

東京行き、だったのだ。

今の若い人に、鉄道での一晩かけての東京行きなどと言うと、変な顔をするであろう。バスとしか思わないはずだ。

だがそれが、彼の時代での通常の「上京」だったのだ。大阪から東京まで（ああもちろん東京から大阪に帰るときも）夜行列車、それも急行券を買っての急行で、一〇時間以上かかるのである。「ＳＦ創作クラブ」の会合や、休日に行われるＳＦ関係の（ささやかな）催しには、当日の昼間を確保しておかなければならない。言うまでもないことだが、勤務先の会社での仕事に支障を来(きた)さないようにして、だ。

その頃世の中は、一般的には週六日制であった。ちゃんとした休みは日曜と祝祭日だけで、土曜は出勤日だったのである。会社によっては、あるいは天神祭のようなときなどは、半日の午前中で終業だったけれども、映生が勤めるような地味な生産財メーカー「関西耐火物工業」では、到底そんなことは考えられなかったのだ。小さい会社だったからと言えばそれまでだが、「関西耐火物工業」は小型ながら上場企業であり、ちゃんとした会社ということになっていたのである。このあたり駄文を承知で書くと、元来大企業と中小企業・零細企業の区別なんてまことにいい加減なもので、映生が仕事で交渉する取り引き先の中には「お宅のような大企業が」と文句をつけるところがある一方、彼が結構な勤め先だと考えている財閥系の信託銀行の社員である大学の先輩が「俺たちなんてあんなでかい会社から見たら、全く哀れな零細企業なんだ」といいきまきながら酒を飲むのに同席したこともある。そう言えばマスコミあたりがよく書き立てる「今年就職する学生たちの人気企業ベスト」なるものが、いかに見当違いで一面的なものかを、当時から彼は痛感したものであった。（付け加えると現代でもその思いは大差がない）そうした中で世間であまり目立ちたくない堅実なメーカーが、無用の頭出しをする、例えば土曜を半どんにするとか休みを増やすとかは、できるだけ遅れてやることにする、それが得だという計算は、当時の日本の企業社会にとっては、当然だったということではあるまいか。いややっぱりこれは、無駄話であった。

さて、その上京。

「ＳＦ創作クラブ」の例会は、東京や近辺に住む人々の都合もあってだろう、月に一度、日曜に行われた。従って映生が参加するためには、当日の朝には東京に来ていなければならない。帰阪も同様で、月曜の朝には定時に出勤しなければならなかった。だから彼は、土曜日の終業と共に、持ってきた東京行きの荷物を携えて（個人用のロッカーがあれば楽だったが、そんなものはなかった）会社を飛び出し、地下鉄で大阪駅に向かい、どこかで何か食べるものを仕入れて、列車に乗るのであった。急行の指定席で眠ったり目を覚ましたりする一夜なのだ。早朝の東京駅でサウナ風呂に入って、身なりを整え、食事をすると、月例会の会場に向かう。月例会の後、夜の東京駅から再び夜行列車で帰阪し、その足でまっすぐ会社へ急ぎ、月曜日の出社時刻までに出勤する——というのが、お定まりのコースになった。

みじめな強行軍と言うべきであろうか。

映生は一度もそう思ったことがない。なぜなら、その一時代前の学生時代には、旅行と言えばすわれる保証などない乗車券だけでの鈍行列車が当たり前だったから、急行券・座席指定券を持っての旅とは、（給料をもらえる身になったゆえの）「昇格」だったからだ。しかもこれは、今の自分がなりたい物書きへの道程である。挑戦である。そして若く元気で、ちっとも辛くなどはなかったし、共働きの妻の朗子は、彼が「関西耐火物工業」の社員として出世するよりも、物書きになることを望んでいた。だから積極的に協力してくれたのである。

当時の東京駅は、ありふれた表現になるが、小規模で、かつ、戦後の空気というものが残っていた。早朝に到着するその東京駅で映生は、駅の中にあったサウナ風呂に入ることを覚えたのだ。

それまで体験したことはないものの、彼はサウナ風呂についての漠然とした知識は持っていた。東京駅の構内にあった「東京駅サウナ」がどこまで本格的なものかわからなかったが、入浴料金が高級銭湯といっていい安さで、必要なものを貸してくれるという。有料でズボンのプレスもしてもらえるのだ。身なりを整えるには好都合であった。実際、高級銭湯と言うべきだったろう。というより、普通の銭湯の中に、階段状になったサウナルームがあって、かなりの数の人々が、熱気を浴びているのだ。そして壁には、縦書きの大きな文字で、サウナに入る要領が書かれており、「これを一回読むとほぼ一〇分かかります。このことを目安にして入浴して下さい」との文章も付け加えられていた。彼にはありがたい便利な存在で……以後、夜行で上京して時間に余裕があると、入浴するのが習慣になったのである。

思えばその頃の彼は「東京駅サウナ」で一緒になる人々に対して、淡い連帯感みたいなものを持っていたようである。それはまあ、入っているのが男ばかりで（後にはレディー専用の店もできたが、彼はそれがどんなものだったのか、もちろん知らない）本質的には銭湯である――というところから来ていただろうが、その上に、こんなに朝早くここに来ている人たちは、つまりはこの東京駅を起点として一日を始めようとしているのだ、自分もまたその一人として、東京で頑張るのだとの気持ちにさせてくれたからだろう。それは、一夜をかけて東京に近づく列車の窓から始まる。ビル群をくっきりと浮かび上がらせる朝日は、きめが細かい。細かくて輝いている。そして同時にそのことは彼に、自分の未来と連動している、明るいいいこととつながっているような錯覚を生じさせたということではあるまいか。

早朝の高級銭湯。

そういえば記憶している。

サウナルームから洗い場への湯気濛々（もうもう）の中、顔見知りらしいグループのそれぞれが喋り合っているのだが、あるグループの中に、青年たちに交じって一人の中年男が居た。中年男といってもそれは当時の映生から見てのことなので、あまり大きく年が離れていたとは言えない。そして二度ばかり見掛けたその人物は、テレビでしょっちゅう目にする有名な映画評論家としか思えなかったのである。機嫌よく若者たちと語り合っていたのだ。たしかにそうであった。だがもしもそうであったら、他の入浴者たちがその人物を取り巻いていても不思議ではないのに、ただの平凡な日常の光景があるだけ――というのは、ここが東京であり有名な人など珍しくも何ともないのを、示しているのであろう、と、そう解釈することで納得できる。そういう場所に、今自分は来ているのだとおのれに言い聞かせるのは、快感であった。

ついでに述べれば映生は、ずっと後年、五〇歳を過ぎてから、神戸のテレビ局の番組で、司会者としてその映画評論家を迎えたことがある。そのときの映画評論家は発言も厳しく、まっとう過ぎるほどまっとうだった。「東京駅サウナ」で若者たちと談笑していた親しみ深さなど、どこにもなかったのだ。映生は遠い日の「東京駅サウナ」のことを、番組中ではない雑談で持ち出そうとして、しかし結局口にすることはなかったのである。それだけの歳月とそれぞれの立場が、間に立ち塞がっている感じであった。映画評論家のほうはもちろんのこと、こちらも相応に年を取り、かつてのように人間どうしのつながりを信じなくなっていた——との言い方もできるのだろう。

ま、人との出会いということになると、当然ながら会った人間の数だけあるわけで、きりがない。そしてその中でもよく覚えている事例となると、案外に少ないものではないだろうか。いや、どうもこの調子では、話がますます本来の路線から外れてゆくことになるけれども、書いてしまうとしよう。つまりここでどうしても思い出してしまう別のかたちの出会いについて、である。

「原始惑星」に次から次へと作品を送るようになった頃に映生は、大岡山邸で大岡山から問われた。

「浦上さん、前にも新聞に載ったことがあるんですが、大阪で家族でやっているSF系の同人雑誌、ニヒトというの、ご存じですか?」

「――いえ」

と、映生はかぶりを振った。SF系の話は子供の頃から好きだったが、最近になってから猛然と（見境なしに、と言うべきか）読むようになっていた彼は、まだその種の情報にはうとかったのだ。だから、自分の地元の大阪にも同人誌があると聞いたのは、何となく虚をつかれた気分であった。

「ま、同人誌というか、趣味の刊行物と言うべきか……科学者であるお父さんと男兄弟四人で作っているんです。『NICHT』と書くんですがね」

と、大岡山。「これまでは家族でやっていたけれども、同好の士を集めてもっと手広く活動しようということですかね、外部からのメンバーを募ることにしたそうです。次の会合、浦上さんも行ってみませんか？」

彼は行きたいと言い、大岡山はその旨を「NICHT」の編集をし自分も書いている長男に、手紙で知らせようと約束してくれた。

そのとき彼は、「NICHT」の実物を見せられもした。同人誌といえば謄写版が普通で……「原始惑星」のようなタイプ印刷は経済力のあるところが出すものとされていたこの時代、「NICHT」は堂々たる活版印刷だったのである。

ああ。

その「NICHT」の家族の名字のことをもう少し書いておいたほうがよさそうだ。

大岡山は、コシキさんと言った。中心になっているのは、映生と同年か同年に近いコシキ・

ナナサイ、なのである。

「これがまた、むずかしい字でね」

と大岡山は書いてくれた。コシキ——轂なのだ。轂七彩(コシキナナサイ)なのだという。

「七彩とは、これはペンネームだという話でしたが、轂のほうは、戸籍上の本名らしいですよ。轂とは、車輪の中央の太くてまるい部分だそうで、ま、運動体の実質的中心ということですかね」

というのが、大岡山の説明だった。映生は頷いたものの、あまり関心はなかったのだ。

とにかくその当日。

よく晴れた日であった。

地図によれば、会場である大阪市内の小型の博物館は、それほど遠くない。彼は、やはり休日である妻の朗子に、一緒に行くかと誘ってみた。十中八、九は断るだろうと予想しながらである。朗子は本が好きで結構読んでいたものの、SF系となると、ことに本格的なものは敬遠するのが常だった。(この時代、女性のSFファンは少なかったのだ)朗子は肩をすくめ、彼は独りで家を出たのである。

遠くないといっても映生のよく知らない地域で、彼は、樹々に囲まれた建物に恐る恐る近づいて行った。来るのが少し早過ぎたのかもしれない。建物の中はがらんとしていて、中で一人、彼と同じような年代の青年が、大きな紙を広げて、ポスターカラーで文字を描いていた。

なかなか整った顔立ちの男だと彼は思った。

しかしどう話しかけたらいいものか……彼は遠慮しながら近づいた。そして青年が描いている文字の中に「ＳＦ」というのがあるのを確認すると、手を止めて疑い深そうな表情を向けた相手に、ここで「ＮＩＣＨＴ」の会合が行われるのでしょうかと、問うたのである。

青年は、こちらを上から下まで眺める感じになった後、ぶっきら棒に応じた。

「そうですが。あんた、誰です？」

「あの……大岡山さんからご連絡頂いていると思いますが、私、浦上映生と申します」

彼は答えた。

すると、相手の態度ががらりと変わった。別人になった感じだったのだ。ぱっと笑みを浮かべ、立って、近づいて来たのだ。青年は言った。

「ああ、聞いています。ぼく、コシキです」

その瞬間の変貌については、それなりの解釈が可能である。そう……ＳＦなどというものにのめり込んでいる人間には、少数の物好き以外に仲間は居ない……だが余計者には余計者の自負も誇りもあり、同好者と称する相手が本当にそうなのかどうか、直感でわかるのだ。そうでなければならないという意識や思い込みが、彼にもあった。そして、目の前の相手もそれに共通する感覚を持っているに違いないとの——期待、といったもろもろの要素が合体しスパークした——と表現すべきかもしれない。

「よろしくお願いします」

映生は、こちらの存在を許容した相手に頭を下げた。

そしてすぐに、当日の行事についての、「ＮＩＣＨＴ」側の話を聞くことになったのである。

これには、おまけに似たものがついている。

この日のことを、映生はずっと記憶していた。数少ない同好の士との出会いだったからだ。

それから何十年もの歳月が経過し、ＳＦを取り巻く環境も、ＳＦそのものも、変貌していった。それまでのイメージは通用しなくなり、かつてＳＦの定義とされた言い方も過去へ押しやられてしまい、そんなものでは通用しなくなった。時代の流れや世の中の変転がもたらしたのである。時代にうまく合わないままおのれに固執しようとした映生のような人間は、本人がどう思おうとも、本人も作品も「当世ＳＦ」からはみ出して、どこかわけのわからぬところに置き去りにされて行ったようであった。しかも映生自身が後期高齢者になり後期高齢者で開き直ったのだから、余計である。――とまあこれは、映生の話。

「おまけ」はつい最近の、と言っても少し前のことだ。

あれはたしか、毛利嵐（もうりらん）がらみのパーティーのときである。毛利嵐は轂七彩や映生などより三つ年上で、豪腕と言ってもいい、しかもＳＦ全体を巻き込んで行った作家なのだ。「原始惑星」や「ＮＩＣＨＴ」とも関係があったが（轂七彩が勤めていた会社を辞め、偶然ながら映生の勤め先のあるビルの向かいのビルにデザインスタジオを持つようになると、映生はちょくちょく口実を設けてそのスタジオに行った。ＳＦについて喋り合う機会は、つまりそれほど少なかったのだ。轂七彩がこのことを歓迎していたかどうかは疑問である。迷惑がっていたのではないか。しかし映生はそこまで頭が回らなかった。そういえば、毛利嵐もしばしばその『スタジオＮＩＣＨＴ』に寄ったのである）主として毛利の場合、「月刊ＳＦ」で急速に頭角を現しつつあった。そもそもが純文学の同人誌で後に知られることとなる人々と共に修練して、速風書房の第一回ＳＦコンテストにも入り、速風書房ではない出版社からＳＦの書き下ろしを出していた実力者なのだ。戦後の教育改革で新しいシステムに組み入れられた映生のような年代の人間にとって、かつての日本を支えてきた旧制の高等教育を身につけた毛利のような人々は「選ばれた存在」であった。アイデアもストーリーテリングも抜群だった。後にプレート・テクトニクス理論をふまえたベストセラーを書いたといえば、もう説明の必要はないであろう。残念ながらその毛利嵐が（高年になってからであるが）亡くなってしまい……いくつも開かれた会のことである。それともあのときはまだ毛利嵐は存命だったかな。――と映生の、そのあたりいささか記憶が怪しい。怪しいが、ま、頭に残っているのを組み立ててゆくと……。

いろんな人の挨拶の後、映生にも順番が回って来た。何か思い出話をしなければならない感じなのだ。彼の視野に会場の轂七彩の姿が目に入った。で、彼は、初めて轂に出会ったときのことを喋ったのだ。待てよ、なぜ毛利嵐がらみのパーティーで轂のことを話したのか、少し変ではないか。たしかに少し変である。だが映生の頭の中では、記憶がそういう具合になっているのだ。間違いでも仕方がないから、記憶のままに述べるとする。

彼のその場のお喋りは、会場の人たちの軽い笑いを誘った。喋り方が拙かったのかもしれないが、その程度の反応を呼んだだけである。しかしその後、轂七彩が映生のところにやって来たのだ。来て、面白がっているような少し当惑したような笑い方をしながら、言ったのであった。

「俺、覚えてないよ。覚えていない」

そういうことかもしれないな、轂七彩にとっては、そうなのであろう。年月が過ぎ、状況が変わってしまった——ということなら、それでもいいのである。


ゴウゴウゴウと鉄橋が鳴り、橋脚が閃(ひらめ)きつづける。映生はわれに返った。

読むつもりの本は持って来ていた。新書を二冊と文庫本。そのうちの一冊は、高校の同窓会で講演をやった、後輩の宇宙物理学者のもので、前からダークマターやダークエネルギーについて興味のあった映生は、講演後、その合田(ごうだ)という後輩に立ち話で質問したりもしたのだ。そのとき、「この前出した本ですが浦上先輩に読んでいただけたら」と渡されたのだった。だが少なくとも今は、開く気になれない。新幹線によく乗っていた頃には、やたらに読んだ。大阪と東京を往復する間に何冊読めるかという話をしたりして、である。（ために携行するのは新書判が多くなったのも事実であった）だが今は、近いうちにくたばる病人としては、もうそんな競争心めいたものは湧(わ)いてはこない。正直、怠惰(たいだ)に放心しているのが楽なのだ。こんなことであってはならんと思うものの、やっぱり放心になりがちなのだ。

窓の外の移る景色。

過去の記憶と重なる景色。

過去、か。

今しがたまでのとは違う記憶が、起き上がってきた。
今度は、速風書房なのである。

速風書房に（用らしきものを作って）ときどき行くようになったのは、今しがた想起していた「月に一度か二度の、列車内二泊の休日上京」の時期よりも、もっと後のことになる。それも当然の話で、同人誌としては知られた「原始惑星」では常連に近い書き手だといっても、商業誌「月刊ＳＦ」の編集長にとっては一アマチュアライターに過ぎないので、速風書房に出入りするためには、商業誌で原稿料を稼ぐ人間であることが望ましかったのだ。もっと端的に言えば、「月刊ＳＦ」の編集部に行ってお喋りしたければ、「月刊ＳＦ」誌上に作品を発表する書き手であってもらいたい。――とは、いささか自己本位に過ぎる考え方と言えようが、それが当時の「月刊ＳＦ」編集長会津正巳の方針だったのである。いや……そう断定するのは間違いかもしれない。正確には、映生が会津正巳のことをそうだと信じていた、とするべきであろう。実際、会津と「ＳＦ創作クラブ」大岡山黎との間には、後の時期にはよほど様相がことなってきたものの、それまでの、映生がそういうことに気づき始めた頃には、見えない緊張の糸がぴんと張っている感じだったのである。いくつかの確執の噂が、彼の耳にも入ってきたけれども……そのそれぞれの何がどこまで本当なのか、当事者でない映生にはわからない。（当事者であればもっと偏（かたよ）った一方的な記憶になるかもしれないが）
ともかく。

「月刊SF」の編集部に居ると同時に「SF創作クラブ」の主要メンバーであった林良宏が、「月刊SF」に送られてきた映生の原稿に興味を持ち、しかし「月刊SF」にとっては当面どうしようもないから、「SF創作クラブ」の推進者の大岡山黎に紹介した――とは、先にしるしたが……林良宏は、それからやや経って企画が持ち上がった「日宝(にっぽう)・速風共催第一回コンテスト」に、あなたも応募しないかと言って来てくれたのである。いやこれでは少し格好が良過ぎよう。最初に送った作品(?)で味を占めた映生が、別のアイデアで二作目を送ったのに対して、そういう返事を呉れたのである。林良宏のお愛想まじりだったと思うほうが、現実的解釈というものだろう。

で、映生は構想を練り、二本、応募したのであった。

待てよ。

考えてみると、この応募のときから、「原始惑星」にやたらに作品を送り始めた時期まで、あまり違いがないような、そして、かなり開きがあったような……で、どうもはっきりしないのである。すでに映生、今の年になり病人になり、で、記憶が怪しくなりかけているのかもしれない。

と、こんなことを述べるのも、その「日宝・速風共催第一回コンテスト」に出した自分の作品についての選評を、彼は割合はっきりと覚えているからである。そう。選考委員のある(未来や文明についてなかなかの見識を備えた)作家は、指摘した。「この作品の致命的な欠陥は、作者が、おのれのテーマが分裂しているのに気づいていないことにある」というのだ。初めてそれを読んだときには、正直ぴんとこなかった。彼自身の実力が不足していたからだが、選考委員というものへの、あまり根拠のない反発も作用していたのであろう。でありながらその作品は、（入選作なしの）選外佳作第二席に入ったのであった。「日宝・速風共催第一回コンテスト」の「日宝」は、映画会社なのである。募集には、ＳＦ映画のアイデア探しという目的もあっただろうから、どういう作品が評価されることになるか、かなり混然としたところもあったのだろう。ああ、これではこのコンテストをいささかおとしめた感を免れないから、もう少し付け加えると……この共催コンテストの第一回と第二回ではその後プロになった者がたくさん入っている。第二回ではちゃんと入選作も出たのだ。それに、そう、奨励賞というのもあったから、この時期にすでに待機状態にあった者の大方か大半が、顔を出していたと言うべきであろう。書き落としを承知で順不同で名を挙げてゆくと、会元純一郎、白門使徒、時空飛竜、大江戸平太郎といった人々、ああもちろん毛利嵐や轂七彩を抜かすわけにはいかない。そういえばここに肥後隆の名も出していいところであるが、なかったような気がする。当時大岡山黎から聞いた話では、会津正巳は肥後隆の作風をあまり好んでいなかったらしいから、そういうことであっても、おかしくはないのである。

　ま、他人のことはともかく、映生はこれで選外佳作として作品を「月刊ＳＦ」に載せてもらったものの、掲載のためには加筆修正を求められたし、書き手としても認められているわけではないらしいのを、悟っていた。悟っていたが、だからといってどうしようもない。無理にでも斬新なアイデアを探し、文章の工夫をし、これまで他の人々が書いていなかったようなものを、書きつづけねばならなかった。これはというものを、「月刊ＳＦ」に送りつづけたのだが……なかなか採用されなかった。こうなればやるだけやってみるだけだと思い、そう、あれは第一回ＳＦ大会のときであった。ＳＦではファンたちが集まって毎年大会を開く。さまざまな催しがあってまことに大規模な年もあるのだ。たしか、二〇一九年が五八回目になるが……その第一回のささやかな六〇人ほどの集まりで、彼は、来ていた会津正巳に、今月から没になるのを覚悟で毎月作品を送る、読んで欲しい、と言ったのであった。実際はきちんと毎月ではなかったけれども、一作また一作と送り、しかし採用されなかった。ほとんど諦めかけていたのを、アイデアを出して助けてくれたのが、先に名前を出した林良宏だったのだ。

シートに身を委ねて映生は、記憶をたどるのである。だが記憶と言っても、半世紀も前のことを、終末老齢とすべき人間がよみがえらせようというのだ。近年は、絶対間違いないと信じていた過去の出来事が記憶違いだった——という経験さえ、一度や二度ではないのである。そのことを忘れてはならないのである。

あの頃の、速風書房。

速風書房は、神田(かんだ)駅——当時は国鉄、日本国有鉄道の神田駅の近くにあった。この界隈(かいわい)の、あまり大きくないいろんな種類の店がひしめいている街中の一角に、どこか傾いた感じで立つ木造二階建てであった。

初めて訪ねたときは、集められたコンテスト通過者らと共に、何やら大きな部屋に入れられて、「月刊ＳＦ」の編集者たち、つまり編集長の会津正巳と副編集長の林良宏の二人だけの話を聞き、二、三、会話をしたばかりであった。そのときからすでに会津正巳は少し皮肉っぽい笑みと共に、まあしっかり頑張って下さいという言い方でハッパをかけ、少なくとも映生は緊張して聞いていたのである。

——ということの記憶、間違いはないだろうか。

あるかもしれない。不正確と言われるかもしれない。

でもしょうがないのである。

それから何度か映生は、上京の折には努めて速風書房に顔を出すようにした。それがどの位の見返りをもたらすものかわからなかったが、行かないよりは行ったほうがいいと思ったのである。また、営業時間中の速風書房に行くということは、その間、給料をもらっているほうの会社を休むことになる（そろそろそんな関係に入っていた）のだから、成果が少しでも上がってくれなければ損なのであった。

で……ある日。

寒かった。

うまく会社から休みを取ることができた映生は、東京に出て、速風書房に行った。東京は白く乾いていて、神田界隈はびゅうびゅうと風に紙屑が走っていた。

速風書房に電話をしたのだが、会津正巳は出ていると言う。しかし代わりに林良宏が会ってくれることになった。

映生は林良宏について、二階への階段を上がった。がたんがたんとよくひびく古い階段で、途中、どういうわけか戸のついた踊り場みたいなところがあり、そこを抜けなければ二階の編集部に行けないのである。何度かの来訪で、彼はその要領を覚えていた。だが先に立った林良宏は、途中からその踊り場（？）を外れ、横を通って編集部（といっても二階全体が編集部で、いくつかのブロックに仕切られているのだ）に入って行くのである。彼がためらっていると、林は振り向き、笑いながら、

「浦上さん、こっち、こっち」

と手招きした。

「…………」

映生はそっちへ回った。あかあかと石炭が燃えるストーブのわきを通ってである。ストーブに載った鉄瓶は、大きな湯気を噴き上げていた。

それともあれは、夢だろうか。他、もっと古い、もっと小さかった頃の記憶との混同だろうか。

林は二階の隅（すみ）の、大分でこぼこになった応接セットに腰を下ろすと、口を開いた。

「そういえば、浦上さん、いつもあそこをわざわざ通るね。どうして？」

と、階段のほうを指して、なのだ。

「…………」

映生は振り向いた。毎度通り抜ける戸のついた踊り場（？）を見た。

「何でわざわざ社長室を通るんだろうって、みんな、不思議がっているよ」

林は言う。

社長室？

すると突然、彼の頭の中で、階段の構図が組み替わったのだ。

そういえば、あの戸の内側には、大きな机があった。机のガラス板の下には、なぜか社長の名をしるした柔道の免状が敷かれているのだ。映生自身が柔道の有段者だから、免状の形式は知っていた。しかもそこにある社長名の免状の段位は、映生のものよりも上で、免状自体も一回り大きかったのである。

とすると……。

彼がこれまで通り道だと信じていたのは、速風書房の社長室をわざわざ抜けて行くコースだったのである。どういうなりゆきでこんなことになったのかわからないが……そういうことになっていたらしい。林良宏が教えてくれなかったら、次も、その次も、社長室経由をつづけていたことであろう。

「――そうだったんですか？」

映生は呟（つぶや）いた。

「間違いだったわけ？」

林は笑い出した。「きっと何かの理由があって、あそこを通るんだと思っていたんだけどなあ」

「…………」

映生は肩を落とした。顔には苦笑が浮かんでいたに相違ない。

今更自己認識しなくても、これはいつもの勘違いであり、へまであり、他人にはご愛嬌（あいきょう）だとすべきであったろう。小さい頃から、当然そうすべきだと信じ、あるいはそれを先方が求めていると思って、ルールのつもりでやっていたら、まるで見当違いであった、何をやっているのだと変な顔をされた——というのは、たびたび経験したことなのである。適応力とかとっさの対処能力が自分には欠けているのを、何とかしてカバーしようとすると、余計にとんちんかんになるのであった。

しかし、ここの階段を上がって来るときに、その社長室で社長に会ったことがないのは……運がよかったとすべきなのか、社長ともっと親しくなる機会を持てなかったとすべきなのか……ま、どうとでも言える。だからまあどうでもいいのだ。これでは社長室の通り抜けの券でも買わなければならないかなあ、と笑えばいいのだろうが……しかしそれもできなかったのである。

雑談になった。

林は、「原始惑星」に掲載された映生の作品には目を通してくれていた。だが毎月（のように）「月刊ＳＦ」の編集長会津正巳に送っている作品の、その中身までは知らなかった。会津にとってそうした掲載未定の原稿は、林にもまだ見せる必要がないということだったのだろう。映生は、没になったいくつかの作品のストーリーを林に喋った。林は頷きながら聞いていたが、映生の話が一段落つくと、これははっきりとわかっているわけではなく、ぼくがそうではないかと想像しているだけだけどと前置きして、現在会津が欲しがっているのはどういう傾向の話かということを、アドバイスしてくれたのである。

そうしたことは林にとって、別に珍しくはなかったのかもしれない。あるいは、映生に対する多少の同情があったのかもしれない。ともかく、大阪に帰った彼は、手持ちのアイデアの中のそういう傾向のものをふくらませて作品を書き上げ、会津編集長の許に送った。それは「月刊ＳＦ」に掲載され、彼は辛うじて「月刊ＳＦ」の書き手の末端にとどまることができたのである。

その意味では林は、大恩人なのだ。そして林が会津の後の「月刊ＳＦ」の編集長となり、それまで発行されていた新書判ソクフーＳＦシリーズとは別の、ソクフー冒険文庫で成功をおさめたことや、速風書房を辞めてからは真正（？）のフシギ系ノンフィクションの本を持続的に出していることからも、頼りになるありがたい人物そのものなのである。

そして、林のことを想起すると、何度かに一度は、あの木造二階建ての速風書房の、寒かった日の、あかあかと石炭が燃えるストーブや激しく湯気を噴き出すでかい鉄瓶が、映生の脳裏に浮かび上がってくるのであった。

(9)

寒い日なのだ。

毛布そのもののような分厚い生地のオーバーコートは、物々しくて重い割にちっとも暖かくなかった。オーバーとはそういうものなのだ。

電車が神田駅に着いたので、映生はホームに降り立った。だが様子が変である。サイレンと鐘（かね）が交互に、あるいは重なって鳴っていた。消防車なのだ。それも一台や二台ではない。駅の階段を下りてゆくと、改札口を出たところで遮（さえぎ）られた。車と人であった。

「ここからは向こうへは行けません！　反対側に回ってください！」

駅員が叫んでいる。

そしてサイレンと鐘、鐘、鐘。

人垣ができていた。

どういうことなのか、誰かに聞くまでもなかった。少し先に消防車がひしめき、黒い煙が噴き上がっている。火事なのだ。速風書房の方向であった。駅員たちのみならずいろんな人々がバリケードを作っていて、そっちには行けそうもない。

どうなのだ？

速風書房、どうなのだ？

見定めようとしたけれども、騒ぎと混乱が渦を巻いているかなたが、どうなっているのか、さっぱりわからないのである。

その中を、こちらへ走って来る男がいた。映生はその人を知っていた。速風書房の、たしか営業部門の社員なのだ。だから、制止する人々を掻き分けるようにしてそっちへ進み、わめいた。

「どうなんです？　速風書房、どうなんです？」

営業部門の社員は足を止めた。映生がその体をつかまえると、両腕を上に伸ばし、顎をガクガクさせるようにして、絶叫したのである。

「火事だ、火事だ。みんな燃えてしまう。火事だ！」

それからうわっと全身の力を抜き、映生の腕の中に落ちたのだ。

では、速風書房も燃えているのか？　火が入ったというのか？　あそこにあるのは紙と木ばかりではないか。じゃんじゃん燃えているというのか？　みんなゴウゴウで灰になってゆく輝き。その中には彼の原稿もまじっているのだ。それは困る。困るというより滅茶苦茶なのだ。

「ワー」

映生は叫ぶ。ゴウゴウゴウ。人垣である。悲鳴や怒号もある。わあわあわあ。

映生は叫んでいるはずであったが、何も聞こえない。

風がどっと後方から吹いてきた。人間たちはゆらゆらと揺れ、ばらばらになった。消防車も炎も大きく揺れて、大きな火の粉を撒き散らす。火の粉はどんどん落ちて来る。わあわあわあで、もう何も見えない。

「……………」

そこで映生は、ぼんやりと前方を見た。何も見えなくなっている。静かであった。本当に何も見えない。

見えない？

ではない。目の前の空間が透明ないろんなかたちの積み重ねになってゆく。透明度はすぐに失せて物質になり、眼前の景色になった。何やら一杯ひしめいた景色。

音が、どっと戻って来た。

カタガタカタガタ、キ！　クタカタン、ゴンゴン。

カタガタカタガタ、キ！　クタカタン、ゴンゴン。

走行音である。

新幹線の走行音。

眼前は、車室であった。前のシートの背もたれであった。天井であった。もちろん窓もあった。

夢か？

今の火事は、騒ぎは、夢だったのか？

そうらしい。

彼は両腕を左右にだらりと垂らし、宙をみつめていた。

今のが夢？

あんなにはっきりした、現実そのものだったのに？

そのようであった。もう目の前には、新幹線の車内の風景しかないのだ。

が。

車室の眺めはそのまま細かく震動している一方で、記憶のほうはまだつづいているのであった。頭の中では、記憶が流れているのである。時間を追って一群、また一群と、前方から来て後方へ走って行く。飛び去ってゆく。

そう。

速風書房の、あの戦後そのもののようであった社屋、木造二階建ては、火事で焼失してしまったという。映生は焼け跡を見に行ったのではないが、焼け跡というものは、そこにそういう建物があったと信じられぬ位、小さく狭くなるのだ。（映生はかつてそのことを、子供の頃にアメリカ軍の空襲で焼けた自分たちの家の跡を見て、知ったのである）その火事で一〇軒余りが焼けた。速風書房にとっても不運な類焼と言うべきであったろう。噂では、速風書房再起不能説もあったと聞く。

しかし。

速風書房はしぶとく立ち直ったのだ。逆境ゆえの社員たちの協力の賜物（たまもの）か、会社が全体としてとった方針が、当時の世の中の大きな動きに合致していたということか、次から次へと時流に乗ってヒットを飛ばし、成長した。成長して有名になった。発行した翻訳本の原作が映画化されて日本に入り観客を動員するということもつづいた。年月のうちに少なくともミステリなどでは知らぬ者とてない存在にのしあがり、社屋も新築のビルになったのである。一階がティールームになったビルだ。

ここでまた、「しかし」とやらなければならない。

しかし……そういうこととは別に映生自身は、浮上しなかった。浮上どころか、だんだん沈むことになっていったのだ。

書けなくなったのである。

それまでは憑(つ)かれたように(実際、憑かれていたのであろう)書きつづけていた映生は、速風書房の火事で、調子が変になってしまったのだ。なぜだか……理由はいくつも考えられるが、そのどれもが当たり、どれもが外れているようであった。頓挫(とんざ)、とすべきなのであろう。頭の中で回転していたものはまだ回転しているが、減速しつつあり火力も小さくなってきた――としてもいい。あるいはその頃には、自分でも無理をしているのをうすうすと悟りはじめていて、それが速風書房の火事、火事との遭遇によって、へたへたと衰えていった、とのとらえ方もできるかもしれない。あんなに燃え盛っていたのに、である。そして悪いことに、失った勢いは、焦(あせ)っても焦っても戻って来なかったのだ。彼はそれでもつづけたが、どうしてだか、命中精度も爆発力も、以前には及ばないのであった。

むろん彼はそれでも書いた。死ぬまで書くつもりだったし、実際、これでもかこれでもかと書いたのだが……自分でも何か足らない気がするし、作品への評価も芳しくなかったのだ。

映生はわれに返った。

口からよだれが垂れている。ポケットのハンカチで拭(ふ)いた。

相変わらず、新幹線の車中である。

けれどもそこは、たった今まで居た新幹線の車室とは違うみたいなのだ。何がどう違っているか不明ながら、今しがたの瞬間まではことなる車室なのであった。というか、ことなる車室としか思えないのであった。

何だ？　これはいったいどうなっているのだ？

二秒、三秒。

一〇秒。一五秒。

すると意識がもう一段はっきりしてきた。

それは、言ってみれば、掛けているめがねの視野がいつの間にかぼんやりしてきているのに気がつかず、そういうものだと受けとめていたのが……突然ひとりでに自動的にピントが合って戻ったような感じであった。映生は四〇歳過ぎからめがねをしているが、もちろんそんな奇妙な経験はない。ないが、そういう説明をしなければ、わかってもらえない、それゆえの変な説明、とすべきであろうか。

速風書房が火事なのは、たしかに記憶であった。

だがそれよりもはっきりした強い記憶がかぶさってきて、別の記憶になった。後から来たのが前のを追い払ってである。記憶……いやどちらも現実であった。現実としか思えなかったが、後のが前のをしのいで、こっちが本物の現実になった――ということのようなのだ。

そして、そのどっちもが本物の現実であったとすれば……。

ここで彼の、「フシギ系物書き」の類型的思考が立ち上がってきたのであった。今の世のフシギ系の物書きといっても、彼はすでに時代遅れの古手の物書きなのである。ま、フシギ書き、あるいは本格的なＳＦ書き、さらにはそんなものをも超えた物書きから見れば、フシギなどという言い方さえ認められない旧型書き手であろう。旧の旧の旧型だ。それでもフシギ系の名残はあるので、そうなのだ、今の二つの重なり合った現実をどう解釈するかについて、彼には一つの発想の型（類型と言っていいだろう）がある。

それは、流れる時間がただ一つとは言えない――という考え方であった。（まぎれもなく古いのである）別の表現をすれば時間の流れはいくつもいくつもあり、しかし一個の人間には（他の生物、昆虫、魚、草木、はてはバクテリアにはどうなのか、彼はそこまでは考えないことにしていた）そのうちの一つの流れだけが現実として知覚される――という認識である。ま、時間流とかタイムパラドックスとか多元宇宙とかを考えようとすれば、そうであってくれないと困るのもたしかだ。そして現在の彼の意識では、そうであることになっているのであった。この認識と今の「現実複数共存」を組み合わせれば、そうならざるを得ないのである。

いいのだ、いいのだ、それでいいのだ。

というより、何だっていいのだ。

どうせ近々この世からおさらばするのである。となれば、おさらばしない現実の存在を認めたっていいだろう。

よしよし。

と、そこで止まっておれば、これまで通りの認識。

今は、そこからもう一歩か二歩踏み出した仮定、というのが頭に浮かんでいるのであった。

つまり。

おのれが知覚している現実のラインは、しかし一本ではなく至るところで分岐している。初めはそっちへ行くはずだったのが、違うラインに入ったりする。

この「分岐」を決定づけるのが、あらかじめ決められた「運命」だとすれば、話は古典的になるだろう。

だが分岐決定の要因が、他にもたくさんあったら？　もっと容易に変わるものであったらどうなる？　例えば、その現実ラインに乗っている者が、違うラインを望んでいたら？　このまま行ってもらいたくない、とか、こういう方向に変わらないものか、とか……その結果本人の欲求によって違うラインに入ることがあるとすれば、どうなるだろう。そう言えば昔から、当人が強く望んでいたために、その後が変わった、とか、悪い結果を恐れすぎたあまり、かえってそこに向かって落ちてゆくことになった、とか、単純な運命論を覆す話がいくつもあるではないか。

そして、である。

もしも当人が、おのれのこの先を本能的に予知して、そっちへ行きたい、あるいは絶対に行きたくないという、本人も知らない念が作用する——ということがあるとすれば、それで当人はこれまでの現実知覚ラインを外れ、違うラインに入って行く、ということもあるのではないか？　潜在的欲求の現実化として。

なるかもしれないとしよう。

少なくとも可能性ゼロではないとしよう。

とすると。

ここで映生の思考は、今の現実の事柄に移るのだ。

自分は何となく、おのれが乗っていた時間流を当然と受け入れていた。流れの中を行っていたように信じていて、速風書房が火事で焼けるなんてことは、予想だにしていなかった。

——ということだったとしよう。いかにもそれが自然ななりゆきみたいである。

だが実は、自分の中にある何かが、そのままそのコースを行くことによって、おのれのやる気や運や方向が変わってくることを、知っていたのではないか。そしてそんな流れに呑(の)み込まれるのを、心のどこかで拒絶し転移しようとしていたのではないか？　そんな、速風書房が火事で焼けるということが現実にならない別の流れ、別の現実進行へと乗り移ったのではあるまいか。

別の言い方をすれば自分は、本能の何かでおのれの流されている方向を察知して、そうでないコース、それも、結果として自分自身に得になるコースへと、入ったのではないだろうか。

ははは、と、彼は笑いたくなった。

正直これは、自分にとって都合の良い、都合の良すぎる発想であろう。思い返してみると、多くの人々が陥ってしまうように、自分もまた、昔から、こういうことになったらどうしよう、ならないで欲しいと念じながら、その悪いほう悪いほうへと傾斜し落ちてゆく――という経験を何度もした。それが、場合によっては自分の（多分内心の）何かのおかげで、勝手に路線変更がなされるというのは……もしも（もしもである）あるとすれば……しかもそのことが本人にとって望ましい方向に行くとすれば……やっぱり話がうま過ぎるとしなければならない。

あるいは、である。あるいはこういう現象が、世間でよく言われる「プラス思考とその結果」につながっているのかもしれぬ。うま過ぎる話としても、あり得るのなら……。

待て待て待て待て待て、と、彼は自分の思考を心の隅に押しやろうとした。考え事がだんだん自分で動き出して、収拾がつかなくなってしまいそうな感じがしてきたのである。

ちょっとの間の思考停止。

シートにもたれかかって、窓の外を見た。

相変わらず、よく晴れている。

昔から、しばしばそうであったように。

が。

映生はそこで、妙なことに気がついた。妙なことと言うべきか、どうでもいいとするべきか。

うん。

列車のひびきが、何だか違うのである。長年月聞いているが新幹線の走る音は高速を承けて急調子で、ときどき（そんな馬鹿なことはあり得ないが）つまずく感じも入って来るのが常であった。書くとすれば、ガタガタガタ、キ！　クタカタン、ゴンゴン、ガタガタ、キ！　クタカタン、ゴンゴンだったのだ。なのに、今耳から入り彼の体を震わせているのは、もっと間合いが延びていた。というより、単位が大きくなったと表現すべきだろうか。グーイ、グーイと加速したり空中滑走みたいな感覚になったりするのである。グーイ、グィーン、ゴーン、グワン、グィーンである。

何かが、変わったのか。

変わったのかも知れない。

年月のうちに。また、彼自身の内部にあるものの変化、変動とともに。

列車の音そのものは、ちっとも変わっていないのかも。

いや、変わってしまったのかも。

とにかくこれは、自分の中を行く、でなければ自分をもひっくるめて飛び続ける時間流が、別のものに移ったということではないか？

それとも、何もかもが錯覚か？　幻覚か？

グーイ、グィーン、ゴーン、グワン、グィーン。速風書房に火事などなかった……。

そのうちに彼は眠ってしまった。

(10)

　列車が東京駅に着いた。

　映生は棚からキャリングケースを降ろし、ぞろぞろと出て行く乗客の最後尾を、乗降口へと進む。長い年月のうちに刷り込まれた在来線への乗り換えコースを、習慣的に進むのだ。もっとも今回は、足が弱ってしまっているので、階段のところは迂回(うかい)し、エレベーターかエスカレーターにしなければならない。全く……病院で寝てばかりいると、筋肉が痩せて歩行能力がなくなるのだ。今の彼の足は、だからうどんのようなものである。ひょろひょろでぶらりんなのであった。

　しかしとにかく、予定した通り行かねばならない。

　前に述べたけれどもここでもうちょっと詳しく繰り返すと、
◎これから電車で二つ目の御茶(おちゃ)ノ水(みず)駅からそう遠くないいつも利用するホテルに行って、チェックインする。ホテルの名は「丘(おか)ホテル」。
◎荷物を部屋に置いたら、また電車に乗って二つ目のI駅へ。I駅からこれもあまり遠くないEホテルでのパーティーに出る。

◎パーティーは二つで、一つはさほど親しくなかったある作家を偲ぶ会、もう一つは自分が所属している作家協会の形式だけの総会と年次懇談会。ただしこの二つ、会場は違うが開会時刻は同じである。
◎開会時刻は同じでも、彼としては少し時間をずらして、両方出れば（会費は両方共取られるが仕方がない）それでいいのだ。そもそもがこの二つ、彼の立場としては出席してもしなくても大差がない程度の会合なのである。だから逆に、病人として気楽に顔を出せるとも言えよう。そしてそういうパーティーの掛け持ち出席は、これまでにもしばしばやったことなのであった。
◎二つのパーティーで知人に会ったら、それなりに会話。
◎済んだら丘ホテルに戻る。パーティーではなるべくものを食べない主義なので、丘ホテルに帰ってからゆっくり食事する。
◎余力があったら、原稿を書く。
◎今夜は寝たいだけ寝る。
◎あすは、ここ暫く東京に帰っている娘の奈子が、昼過ぎにホテルに来ることになっており、一緒に食事をしてから、独りで大阪に帰る。
——ということになるのであった。

思考とすれば、箇条書きと呼ぶべきであろう。実のところ彼の心のうちには、物書きというのはもっと砕けた書き方をするものだとされているらしい、との意識があって、何かというと物事を箇条書き風にまとめてしまう自分を、やはり事務屋であった性癖は抜けないものだなと思うのである。あるいはこんな感覚自体が勝手な自己納得だとの気もするのであるが……。

東京駅始発の電車は、覚悟していたより空いていて、彼はよたよたと隅の席にすわることができた。ホームの向こうに停まっていた電車に乗る者が多かったということかもしれない。何とか快速とか特快とかいろいろあって、彼には区別がつかないのである。どの電車も御茶ノ水に停車するらしいから、先発に乗っただけであった。

発車。

とにかくまず御茶ノ水の丘ホテルへ。


だがしかし。

丘ホテルのことを書くとなると、やはり、丘ホテルにいつも行くようになる前に、ずっと泊まっていた旅館「木更津(きさらづ)」についてしるすべきであろう。

初めは会社勤めの休日を利用してぽつりぽつりと、やがてその頻度が上がり、会社を辞めた後はもっとたびたび東京に行くようになったからといっても、映生がじきにちゃんとしたホテルに泊まるようになったのではない。そもそもが彼が東京行きを開始した頃の日本は、ホテルに泊まる人間は少数派であった。という言い方がおかしければ、そういう文化の中に居た人々は別として普通の日本人は、旅行といえば日本式旅館に泊まるものであり、マナーのことなる洋式のホテルは、特別なものだったのである。それにまだカプセルホテルとか安価なビジネスホテルなどなく（知らなかったのかもしれぬ）、ホテルといえばそれなりの格式を持っていて、料金も高い。

従って映生も、（夜行列車での夜明かしではなく）東京で一泊とか二泊とかするとなると、安そうな簡易旅館や商人宿を捜して飛び込んだものであった。そういう世界に詳しくない彼は、だから後で思えば、当時で言うモーテルに相違ないところに入ってしまい（予約の電話が拙かったのだ）高い料金を払わされ、独りで朝まで閉じ込められたこともあった。ま、それでも原稿用紙何枚か書いたのだから、自分を褒めてやってもいい。最初のうちはそうした旅館飛び込みも探険じみていて面白かったが、しだいに苦痛になってきた。SF仲間や学校時代の知り合いの家に泊めてもらったりもしたが、迷惑をかけているのは明らかなのであった。

けれどもあれは、いつ頃のことだっただろう。調べようにも手がかりがないのだが、遠い日々の記憶としては、ちゃんと残っている。とある夕方、うまく宿が見つからぬままに渋谷の町中をさまよい、坂にさしかかると、道に小さな看板が出ているのを認めたのだ。普通の家の表札とあまり変わらぬ大きさの、薄っぺらの木製の板に、毛筆で「木更津」と横書きされていた。ここなら安いだろうとバッグを提げた姿で引き戸を開けたのである。彼より少し年上とおぼしい地味な中年女性が出て来たので交渉すると、あっさり入れてくれたのだ。料金も安く、中にはたしかにいくつかの、襖で仕切られた部屋があって、商人宿のようであった。案内してもらった部屋は窓がなく、四畳半で小さな押し入れが一つ、なのである。外の廊下との仕切りは襖一枚で、指でつまんで小さな掛け金を下ろすのだった。

でも彼には、それで充分だったのである。ろくに売れていない物書きが、贅沢を言うことはないのだ。そして部屋には小さい座机も昔風の電気スタンドもあるのだから、原稿書きとして文句はない。

本来ならその「木更津」との縁は、一晩限りだったことであろう。そうならなかったのは、そこのおかみさんのおかげであった。「木更津」に泊まって大分日が経ってから、また東京に来た彼は、たまたま昼過ぎに渋谷に来て、センター街の横手の道を通りかかると、そこに「木更津」の看板があり、表の道をおかみさんが掃除をしていたのである。おかみさんは彼の姿を認めると、「ああ、こっちに来てらっしゃるんですか」と気さくに声を掛けてきたのだ。覚えてくれていたのであった。そんなもの、ただの日常的挨拶じゃないかと言ってしまえばそれまでだが、その言葉は妙に柔らかく彼の胸に落ち込んだのである。自分本位のペースで独りで東京に来て、基本的には飛び込みでどこかに泊まっている身としては、思わぬところで人間どうしの触れ合いをしたようで、心が明るくなったということであろう。つまり本当はそれだけ淋しかったのかもしれない。

で……次の要一泊の上京時も、彼はとりあえず「木更津」に行った。前と同じで別にこれという便宜を図ってくれるわけでもなかったが、それで文句はなかった。以後、基本的には常宿にしてしまったのである。

そういうことになったのは、これでまあいいとなると執着しがちな映生の習性と、先方の控え目で親切な古めかしさが、マッチしたのであろう。彼が渋谷のセンター街の中のささやかな旅館「木更津」を常宿にしていた時期は、たしか一〇年以上つづいたのである。

当時のセンター街は、昼間はがらんとしていて静かであった。たくさん飲食店やゲームの店などはあったが、何だか道が黄色っぽくて広かった。店によっては「お勤めお食事」なんて札が出ていたりする。日が暮れると飲み屋がにぎやかになるけれども、狂躁という感じはあまりなかった――などと書くと、馬鹿を言うなと笑われるだろう。でもその頃の渋谷のセンター街を覚えている映生には、今の常時お祭りのようなセンター街が異世界のように思える。全く変わってしまったのだ。

そうした……変貌前の古いセンター街。

坂道に木の札を出している「木更津」。

初めのうちはとにかく寝ること本位だったものの、（幸いにして）仕事が増え、追われるようになると、東京に来ても書かねばならず、連載などは「木更津」で書き上げて渡して帰阪するという状況になってきた。

「木更津生活」と呼ぶべきか。

上下六室か七室しかない商人宿である。（口の悪い編集者は木賃宿（きちんやど）と言った）家々や小型のビルがひしめく坂道の中の、瓦屋根の二階建て。客用の部屋の奥には風呂があり、「木更津」の家族の人のためのものらしいが、映生は二度ばかり使わせてもらったことがある。家族は、おかみさんとご主人と娘さんが一人のようで、娘さんはもう二〇歳にはなっていたであろう。ご主人のほうは本人の口から戦後シベリアに抑留されていたと聞いたが、それ以上詳しい話をしてもらう機会は結局はなかった。そういえば映生の父親が亡くなったのをおかみさんに喋ったとき、おかみさんは涙を拭きながら傾聴してくれた、ということもあった。たびたび泊まるうちには、家の人たちが外出するのでと、独り残されたりもしたのだ。そんなとき、さすがに来客の相手はできなかったものの、電話番をしたりもしたのである。

「木更津」の近辺の店にもよく行った。部屋の中ではどうも気が乗らないというようなときは、近所の喫茶店をハシゴして書くのだ。さまざまな喫茶店があった。えらくクラシックな造りだが噂では過激派学生のアジトらしい店とか、アベック用の二人並んですわる照明の暗い店とか、書いていると放ったらかしておいてくれるが客の出入りがやけに頻繁な店などである。それらの状況を把握して、書き易い席にすわるのだ。ディスクジョッキーの声と曲がたえずひびいている店もある。さっぱり筆が進まなければ別の店に移るしかないが、調子が出たからといってコーヒー一杯だけでねばるわけにはいかない。だけどそういうノウハウはこれまでの年月のうちに身についているし、このあたりの店々のたたずまいは書き歩いて（？）いるうちにつかんだから、要領も良くなったのである。

とはいえ、書き続けているうちには疲れて、時間も経ち、体力もなくなってくるわけで……その日はおしまいにして、何か食べ、トリスバーで飲み、しばしば飲み過ぎて「木更津」に帰るのは夜中近くになり（そのたびに詫びを言って）へたばって眠るのであった。

パチンコならぬスマートボールもよくやった。現今のようなパチンコなら、とうに依存症になっていたに違いない。

言ってみればそれは、「木更津」と結び付いた以上に、「木更津」と化合したような時間と空間であった。彷徨(ほうこう)と呼んでもいいかもしれない。

そしてこうした彷徨の日々は何年もつづいて……しかし劇的にというわけでもなく、平凡に当たり前に終わることになった。

そうなったのは、ある雑誌が映生に、カンヅメにしてもいいから書いてもらいたいという原稿を依頼してきたのが、始まりである。

カンヅメ。

手元の辞書には〈本義としてではなく〉〔缶詰め〕②として、仕事などのために、本人の同意を得て、人をある場所に一定期間閉じこめておくこと。「ホテルに――になって原稿を書く」とある。本来の意味の缶詰めとは大分違うから、カンヅメと書かれたりする場合が多いのであろう。

このカンヅメ、知っている者には一種特別なイメージ、をもたらすようである。出版社など先方が、宿泊料はもとより、食費その他も支払ってくれる、書いた原稿も受け取りに来る、もちろん原稿料なり印税なりは著者のもの――となると、物書きなんて気楽なものだなーとなって当然だ。そういえば彼は、「売れていない分野」の趣味的雑誌で、カンヅメの愚劣さをこれでもかこれでもかと書いた文章を読んだことがある。しかし実は、そんなことになるというのは、出版社にとってはいらざる損害でありやっかいな状況なのだから、なるべくなら避けたいであろう。だから現実にはカンヅメになる書き手とは、なかなか書いてくれない売れっ子とか緊急に原稿を書かせなければならぬ人間とかのことで、こっちから売り込まないと駄目なライターや、その出版物からお呼びでない者には、無縁のことなのである。ああそれに、年を取って時代から取り残されている大家とか過去の遺物も、当然含まれるわけだ。世間ではこうした事情は察しようともしないから、うかつに「カンヅメ」なんて言葉を持ち出すと、何だ調子に乗りやがってと、顔をしかめるのだ。

おっと待て。

こんなことは、本が売れ出版物が尊重された昔の話である。とうに過去に葬られた事柄である。

ともあれ、映生がカンヅメになった時代には、まだカンヅメは存在したのだ。ただ……それはおいしいカンヅメではなく、つらいほうのカンヅメ――自前でどこかに泊まり費用も自分で払い、遅延なんて許されない、要するに自主カンヅメの場合がほとんどであった。なのになぜ出版社がカンヅメを書き手に強要するかといえば、書き手の居所がわかっていて逃がさないという利点があるからなのだ。

でもまあ、カンヅメの話はもういいか。

さて。

このとき映生が受けたカンヅメというのが、宿泊料金も食費も先方持ちで、多分二晩頑張れば書き上げられるであろう原稿に、三泊三日を呉れたのである。もう少し突っ込んだことを述べれば、つまりその原稿については、映生はあまり乗り気ではないが先方がどうしてもという関係にあり、従って有利な立場にいたのだ。その有利な立場というのが、先方が言って来たホテルだった。先方は「丘ホテルがとれるがどうですか」と持ちかけてきたのである。

丘ホテル。

それは、少なくとも映生のような年代の物書きには、一度は泊まってみたい、いや泊まらなくとも中を見るだけでもいい、というホテルであった。多くの有名文人や作家がよく利用するホテルとして、知られていたのである。同時に、コンパクトだからなかなか予約がとれないとも聞いていた。

チャンスなのだ。

彼は二つ返事でオーケーした。

そして。

初めて丘ホテルに入ったとき、映生はなるほどと思った。それまで彼は海外には一、二度しか行ったことはなかったが、その海外の、とりわけヨーロッパの小さな家族的ホテルみたいだとの話は、なるほど当たっているようである。そういえば建物の構えも内部の造りも、こぢんまりとしていて彼の好みに合っていた。

とはいえ、原稿はろくに進まなかった。ホテルに負けた感じがあった。のみならず、丘ホテルには幾室か畳の和室があって、たまたまその一つに入れてもらえたらしいが、当時の彼はまだ、外で書くときにも万年筆とインク瓶を持ち歩いており、へまをしてその瓶を畳にひっくり返してしまったのだ。拭き取るのに悪戦苦闘したのである。（結局は完全には拭き取れず、フロントへ詫びに行ったのであるが）ああそれに、ロビーでは超有名な、彼がまだ挨拶する機会も得られなかった作家と擦れ違い、何だか気後れしてしまったということもあった。結局、書けなかったぶんは大阪に戻ってから書き上げたのである。そんなわけで、その雑誌がまた同じ条件で原稿を依頼してきたとき、彼はためらわず受けた。いささかながらホテルへのリベンジの気分もあったからだ。二回目は順調に書けた。で、それからは何となく、丘ホテルと「木更津」の両方を使い分けする格好になったのである。

が。

ある日、「木更津」に大阪から電話をすると、旅館をやめて九州の田舎に帰るとのことであった。それもこの数日のうちだというのである。どういう事情なのかわからなかったし、尋ねても教えてはくれない感じだった。次に東京に行ったときには、もう建物自体が取り壊されて、なくなっていたのだ。以後近くに行く用がないうちに、思わぬ早さで月日が経って、センター街に行ったのは、一年後だったか三年後だったか、はっきりした記憶はない。センター街はすっかり様変わりして、若者が溢れる、年寄りにはいささか恐ろしい盛り場になってしまっていた。うんうん言いながら夜まで原稿を書いていた街は、地上から姿を消してしまった――というのが実感であった。

（11）

　丘ホテルは以前には、初めに建てられ後に改装された本館と、後からできた新館とがあったが、現在は新館がなくなっている。元の新館の跡地は仕切りで囲われていて、これからどうなるのか、映生にはわからない。経営規模を縮小したというわけなのか、ホテルの周囲が前からM大学の建物群だったからM大学の何かになるのかという気もする。正直、映生には残念だが、彼がどうこう言っても始まらないのであった。そして丘ホテルのその新館消失は、彼が先で、彼はキャリングケースを引き摺って、本館の入り口に近づいて行ったのである。

般大阪・天王寺（てんのうじ）の病院に入っている間に行われたらしい。——とは、今回の上京にあたって、彼の代わりに予約をしてくれた奈子が、ホテルから聞いて、彼に伝えたのであった。

　フロントに来た。

「いらっしゃいませ」

　フロント係が立ち上がって挨拶する。暫く来ていないせいで、知らない顔だった。

「浦上と申しますが」

　映生は名乗った。

「あ。浦上映生様ですね」

フロント係は部屋の鍵を出し、すぐにご案内致しますと言って、ポーターを呼んだ。やって来たのは、顔見知りのポーターである。しかし型通りの礼儀正しさで荷物を持ってエレベーターへと先に立った。

エレベーターの降下を待つ。

すると突然ポーターが口を開いたのだ。

「失礼ですが、少しお痩せになったのではないですか？」

「少しどころじゃないんですよ」

映生は答えた。そんな返事の仕方は適当ではなかったかもしれない。だが相手がそういう訊き方をしたというのは、こちらがちょくちょく来ている（来ていた？）浦上映生だとそのとき初めて気がついた、気がついて浦上の風貌が変わっているのに驚き、声を発した——とすべきではあるまいか。実際映生は、何回かの入院でひどく痩せてしまったのだが、ことにこの間の入院とそれに引きつづく日々には、自分でも信じられないほど痩せてしまったのである。だから……礼儀正しいと言われているここの従業員が、そんな、本来なら考えられないような言い方をしたのであろう。となれば、こっちも、少し変でも正直な受け方をしても、まあそんなもので済むのではあるまいか。

持って来た荷物を、いつものように部屋のそれぞれ適当な場所に置き、持ち物を検分すると、彼は鍵を手に廊下に出た。フロントに鍵を預け、外へ。

ＪＲの御茶ノ水駅から電車に乗って、二つ目のＩ駅。そろそろ夕方で、パーティーにはいい頃合いの時刻だろう。Ｉ駅から一〇分ほど歩いてホテルに到着し、催物案内を見る。先に少し顔を出すつもりの「調和世界への射手を偲ぶ会」も、その後に出席する「エンタテインメント作家協会総会・懇談会」も同じ階で、会場はすぐ近くである。

彼はまず「調和世界への――」の会場に行った。偲ぶ会のこの名称を誰がつけたのか、彼は知らないが、故人の作風を受けてのものであろう。映生が今も若かったら、言いたいことがないわけではないが……彼自身、もはや死が遠くない人間として、どうせモーロク作家なのだと開き直っている気味のある現在では、もはやそんなことはどうでもいいのであった。

署名をし、会費を払う。

受付の正面に居た比較的若い女性は、お辞儀をしたが無言であった。会の世話人の一人とみえて、会社名と名前をしるしたリボンをつけている。会社名は知っているがそれだけの映生は、こっちも黙って頭を下げただけである。

立食パーティーの会場に入った。飲み物――といってもアルコール類や発泡飲料は止められているからウーロン茶を手にして、会場の様子を見た。

亡くなった作家が彼より数年下であり、しかし支持者が少なくなかったのを反映するように、出席者の大方は若い感じであった。胸に名札でもつけていれば、ああれが彼、こっちのが誰とわかるだろうが、このパーティーではそんなものはないのだ。それに近頃この種の集まりを（たびたびの入院のせいもあって）ご無沙汰しているので、最近知り合った顔というものもいないのである。いや……ちょうどそのとき、司会者の指名を受けて喋りだした人物は、既知の人間だった。既知の人間だが、以前から前衛的実験的作品を高く評価する批評家で、映生のことなど眼中にないような男なのである。実際にここでも喋りはじめたのは、言ってみれば「売れない作品を書きつづける根性」についてであった。面倒だからそちらに行くのもやめて、入り口のほうに戻ったのである。

しかしそうなると……会場にはさまざまな人が居るにもかかわらず、別段これはといって話し合いたい者も見当たらない。それでも暫く会場をうろうろして、手のグラスのウーロン茶も半分位に減ったものの、状況は変わらなかった。

ま、自分ははみ出しているということだろうよ——と彼は思った。だからといって、どうしようもないではないか。それならそれでいいのである。

まあこのパーティーはこれで終わりでよろしかろう。会費も払ったのだし、一応お務めはしたのだ。外れて、可。

それよりも。

彼はゆっくりと会場を抜け出した。もう帰ろうとしている者や、今やって来た者たちの間を縫って、もう一つのパーティーの「エンタテインメント作家協会総会・懇談会」に向かったのだ。

こちらのパーティーの総会というのは、すでに終わって、懇談会に移行していた。元々総会といってもほとんど形式だけのもので、委任状による進行といっていい。協会にとって儀式みたいなものである。

懇談会には、かなりの人数が出席していた。四〇年以上前に改名して今はエンタテインメント作家協会だが、元の名前は新日本作家クラブであり、長い歴史があるだけに、会員は多いのである。もっともこの会の場合、長老格になったり年を取ったりした者は、格別何かの議題でもない限り、こうした会には出て来なくなるので……きょうの出席も若い人や新人が多いようであった。

会場中央では、理事長が挨拶していた。理事長といっても、映生よりはずっと年下で、話す事柄も彼のように八〇代に入った者にとっては、ああまた言っているな、かれら、まだまだ若いからな——という気にさせるものである。そして、そのぶん自分が老いてきているのを肯定し、だが老いるということが、そうなる前に予想していたのと合致していたことと、予想とはまるきり違っていることが重なり合って、奇妙なようなうれしいような気分になるのだが……

いやこれは、脱線であろう。

とにかく、現在のエンタテインメント作家協会が動き、向かって行く方向と、今の映生の心にある書き手としての意識が、かなりずれているのは認めざるを得ない。だからといってどうしようもないのだが。

しかし。

彼はそこで壁にもたれて、会場を見渡した。

今年のこのパーティー、いつもよりもさらに顔見知りが少ないのではないか？　ああ、それは誰も覚えていないということではない。彼だってこの協会の会員としては古いメンバーの一人で、挨拶を交わし雑談する相手には事欠かないのだが、何というか、同意するのが当然であるような事柄で同意し合うとか、共通する思い出のかけらを出し合うとか、という関係にまでは至らない相手ばかりなのだ。

と。

こちらに寄ってきた男が居る。

見覚えはあった。

えー、あれは。

どこかの編集者だった。今はどうか知らないけれども、それはたしかだ。たしかだが、それがどこなのかがわからない。

「ご無沙汰してます」

と、男は言った。もうそろそろ還暦というところではあるまいか。

「あ。こちらこそ」

映生は会釈を返す。

「お元気ですか」

と、相手。「ご病気だったそうで、もうよろしいんですか？　この前の『奇想界』の集まりでお目にかかれるかなと思っていたんですが」

「それはどうも、申し訳ありませんでした」

応じながら映生は、思い出していた。この人物は「魔才」という趣味性の強い雑誌を編集していたが、「魔才」の廃刊後あちこちのやはり趣味性濃厚な刊行物を手伝っており、「奇想界」はその一つである、という情報は耳にしていたのだ。が、顔を合わせるのは数年ぶり、いやもっとになるかもしれない。たしか……たしか権兵衛だったな。そう。松原権兵衛。

「しかし……こうして見ていると、知っている顔は歳月と共にどんどん減りますなあ」

松原権兵衛は会場に視線を走らせ、声を小さくした。「まあそのうちに、こっちもどこかに編入されて、こっちの世界とはおさらばになるわけですが」

「どこかへ編入、ですか？」

普通なら、あの世とかあちらとか言うであろうところを、そんな言葉を聞かされて、映生はつい、反射的に尋ねた。

「まあ生命力が多少でも残っていれば、そういうことにならざるを得ないではありませんか」

松原権兵衛は、わかり切っていることをという調子で応じた。「私などがいくら言っても、まるきり受け付けない人ばかりで、浦上さんもそうかもしれませんが、年を取られて考え方が変わり見えなかったものが見えてきたかもしれませんので、またぞろ繰り返し説くことにしましょう。生物の生命力というのは頑強なものですよ。生命力が尽き果てる前に、違うかたちでどこかに編入され、そこでの生物になるんです。そういう転身また転身のうちに生命力が尽き果ててしまえば、終わりですけどね。私なんか、いい加減の年の癖に、まだ次の編入があるかもしれんと思っておりますが」

「…………」

聞いているうちに映生は、この松原権兵衛が、昔、作家たちの雑談の中でそんな話を、一度ならずしていたのを思い出した。そのときにはフシギ系小説のアイデアとか異世界に対しての妄想といった事柄が、話題になっていたのだ。もろもろの「思い付き」や「思い込み」のぶつけ合いみたいなものだったのである。使えるアイデアというには、自由度も空想性も強過ぎた、と言えなくもない。

しかし、今またそんなことを聞かされていると、そうした考え方が出まかせのいい加減なものとは必ずしも言えない、何となくありそうな、あっておかしくないような感じがしてくるのである。

居るところとは違う世界への編入、か。

ひょっとしたら、全くひょっとしたらだが、あり得るのかもしれない。

とはいっても。

こうした映生の想念は、ちゃんとまとまったものではなく、頭の中を未整理のまま通り過ぎた——霰（あられ）のようなものであったに過ぎない。風に吹かれ地面を波打って転がる霰の群れだ。じきに消えてしまうイメージと言ったらいいだろうか。

というより、この状況がそのままつづいていたら、そうなったに違いない。

が。

そこへ、グラスを手に落ち着いた足取りで近づいて来た者があったのだ。林良宏である。

――と書いても、あまり特徴のある名前ではないから、覚えてくださっている人は少ないだろうが……映生が「月刊ＳＦ」に投稿したときに手紙を呉れて、「ＳＦ創作クラブ」にも紹介してくれた、副編集長のあの林良宏、である。いや、当時副編集長だった林良宏とするべきであろう。そしてそれから長い年月が経っているのであって、林良宏は編集長の会津正巳が「月刊ＳＦ」を辞めた後、編集長になり、雑誌の方向を少し変えたのに加えて、新書判ならぬ文庫形式の「ソクフーＳＦ冒険シリーズ」の発刊に漕ぎつけるに至った。当時としては考えられなかったような部数が出た本もあったらしい。

ここで、言わずもがなを承知で映生が忖度するならば、林良宏もまた、ＳＦというものが本来有している人類への疑念、文明のこの先への不安、現代世界の安易な享楽といったものを語りたいのに、語りたいがゆえに、逆に、ＳＦのことをもっと知ってもらいたいため、読者を広げたいために、作戦としてＳＦの持つ娯楽性を振りかざしている――その一人である、という認識なのであった。「ソクフーＳＦ冒険シリーズ」はそういう自負心の産物だったに相違ないのである。

あ。いや。饒舌ごめん。

そして林良宏は、それほど長く速風書房に居たのではなかった。速風書房在勤中にもいろいろ世に紹介していた超自然現象とか有史以前の地球外生命体来訪の記録などの本を次々と出し……得意の外国語も駆使して海外の本も数多く翻訳し——フリーのライターになったのだ。フリーのライターとしては、林良宏というよくありそうな名前ではない。派手な高野山暁星とい
うのが筆名である。手紙を呉れたり大岡山黎に紹介してくれたりしたように、そういう人柄なのか、少なくとも映生には親切なのであった。

「何だ、浦上さん、病気だと聞いていたのに来たんだね。元気そうじゃんか」

高野山暁星——林良宏は言う。「今、ちらと耳に入ったんだけど、松原さんと『編入』の話、してるのね。浦上さんなら頭そんなに固くないから、『編入』って言われても抵抗ないいんじゃない？」

ちらっと耳に入った？

今しがたの会話が？

どうもそうは思えないが……いや、林良宏はそういう聴覚を持っているのかもしれない。人間の五感なんて、人によって随分違うものであり、しかも映生は病み上がり（上がっていないと言うべきか）の身である。実際に入院中の彼は、自分を測った体温計がピピと鳴るその音が、聞こえなかった。その体温計の音波の高低の問題なのかもしれないが、そういうことがあるのだ。

「どうかなあ」

映生は、松原権兵衛に対してか林良宏を相手にしてかの、どっちつかずの態度で応じた。

「そりゃまあ、われわれの生命力が尽きたらどこかの世界へ転身、編入になるという設定は否

定しないよ。設定としてはね。しかしさあ」

「現実としては容認しがたい？」

林良宏が、にこにことという感じで問うてきた。「どこか、この前の、ＵＦＯに対する考えと似ているなあ」

「ＵＦＯの、ですか？」

と、松原権兵衛。映生や林良宏に一歩引いた言葉遣いをするのは、自分がまだせいぜい還暦の年代だから、ということであろう。「ＵＦＯのって、どういうことですか？」

「ＵＦＯが何かってことについて、さ」

林良宏が説明した。「ＵＦＯとは、ご存じのようにアンアイデンティファイド・フライング・オブジェクト、未確認飛行物体と言う通り、正体は何かわからない。地球外からの飛来物だなんていうのは、当たり前すぎてどうしようもないしね。ぼくは、そんな常識的なものではなく、異次元の――もっとはっきり言うと、死後の世界を含めた別の世界のものだと思う」

「――ははあ」

と、松原権兵衛が頷いた。映生のほうは黙っていた。

「浦上さんはこの意見に反対ではない。そうかもしれないとも言う」

林良宏はつづけた。「ただし浦上さんの肯定は、ＳＦの設定としては、なんだ。本当にこの世界がそうなのかとなると、それはわからぬと言う」

で……映生も反論した。

「そりゃ、そこまで認めてしまったら、現実や現実の観測結果との矛盾が出てくるからさ。林さんの言う状況が宇宙のすべてだとすると、あれこれおかしいところが出てくるよ」

「おかしくていいんだ、と、ぼくは考えている」

林良宏は笑った。「どだい、人間が考えだす自然の秩序なんて、人間が勝手にやっているだけだものね。理屈に合わなくても一向におかしくないんだ」

「ははあ」

と、松原権兵衛。

「だからさ、UFOもあの世も、幽霊の世界も、はたまた物質は何もないがエネルギーやぼくの言う『存在力』だけのものであっても構わない。みんな異世界、でもいいんだよ。でも浦上さんは、それがお話の設定に使えても、宇宙の現実とするのは無理、というわけなんだ。そもそも宇宙そのものが架空の存在いやマイナスの存在で構わない、とぼくは思うけれども、浦上さんはそこまでは認めないいんだなあ。書きだした初期から浦上さんは、いわゆるメチャクチャには溺（おぼ）れず、かたちをつけるほうだったから」

林良宏はすらすらと語り、映生に頷いてみせるのであった。

「まあねえ」

映生は肩をすくめた。

「何だったらそのうち、設定なんて言わずすべてのありようについてのムチャクチャリストを送ろうか」

林良宏はにこにこと言う。「どのありようも現実であるとして、やってみると面白いんじゃないか？　送るよ。でも浦上さん、たしか、ネット、やってないんじゃない？」

「仰せの通りで」

映生は肯定した。

「へえ、浦上さん、ネットやっていないんですか？」

松原権兵衛が、信じられないという声を出す。

「そうですよ。だから世の中から、というより人間世界から遅れていて、もうくたばりかけているわけ」

映生は素直に言ったのである。

「まあいいじゃない。人間社会から外れたって、他に社会なんて無数にあるんだから」

と、林良宏。

「そうですよ、ね、高野山先生」

松原権兵衛が林良宏に顔を向けた。「その今言われたムチャクチャリスト、後で話してくれませんか？　何かの材料になりそうですから。浦上先生にも写しを送りますよ」

「いいさ。まあもちろん思い付きのリストだから、ちゃんとしたものじゃないけど」

林良宏は応諾した。

「お手間だけど、お願いします。――浦上先生、東京の泊まりはいつものように丘ホテルですね？」

松原権兵衛は映生に問う。

「例によってね。泊まりは今夜一晩だけだけど」

映生は答えたのだった。


丘ホテルに戻って来た映生は、ルームサービスでシュリンプカレーを頼んだ。丘ホテルのルームサービスのカレーには、シュリンプカレーとビーフカレーがあるが、今夜はビーフカレーのビーフが今の自分には大きすぎる感じがして、シュリンプにしたのである。

しかしそのシュリンプカレー、なかなか来なかった。病気でここに来なかった間に、サービスが悪くなったのかもしれない。

するとやっぱり、先に書こうという気が起きてきたのであった。今、頭にあるのは、いささか無責任なストーリーであるが……ぼんやりしているよりは、書くほうがいいのではないか。

彼は書き始めた。

（12）

そうです。青木さんが亡くなって、今年で一〇年になります。一〇年といえばそこそこの年月ですが、いまだに青木さんのファンはあちこちに居て、青木さんの話をし、青木さんの作品を語っています。

これはやはり青木さん――青木修造が説いた未来にはそれほどの魅力があり、青木さん本人が敬愛されていたということでしょう。

青木修造が語った世界。

それは、誰もかれもが快適で便利な生活を追い、溢れるほどの望みを抱き、他人に徹底的に親切にしていれば、そのうち本当にそうなるというものでした。人間の願いを受けたＡＩが全面的に協力し、人間もＡＩに全面的に協力して、です。そして親切、親切、親切。遠くない将来にみんな幸せになる。自分を捨てて他人に親切になれば、すばらしい未来社会、未来の生活が、待っている……。人々の気持ちがそろえばそろうほど早く実現する未来。

青木修造は、そうした世の中が必ず来ると主張しました。青木さんが語るとき、聞いているすべての人は、それを信じたと思います。私などは随分後になってから青木教室に入ったのですが、たちまち共鳴して、そう、信者になりました。信者、でいいと思います。

は？

いくらそんなことをいろいろ並べられてもぴんとこない？

そうかもしれませんね。

じかにあの人に会った者でなければわからぬ何かがあったのです。

その青木さんは、ご存じの通り、一〇年前に亡くなりました。それも奇妙な死に方でありました。

一〇年前の大水害のとき、川にかかった橋が土石流によって押し流され、橋に居た青木さんも流されてしまったんです。信じがたいことに、揺れて壊れようとしている橋に、制止する人々をはねのけて、自分から走り込んだのだそうです。橋の中程まで来ると、分解しつつある欄干(らんかん)をつかんで突っ立ち、たちまちのうちに一切もろとも、土石流に飲まれたのでした。私はその場に居たのではありませんが、カメラがそのときの様子をとらえていたのであります。

そのときの青木さん、天に顔を向けて哄笑(こうしょう)していたのです。なぜそんなことをしたのか、何が可笑(おか)しかったのか……人々はいろいろと憶測しましたが、真相はわかりません。

青木さんがあんな風にみずから死を選んだのには、理由があるはずだ――と言われています。何か、助からない難病だったとか、あの人の信念を覆すような何かがあったとか……何か。

私は少なくとも青木さん、体は元気だったのじゃないかと思います。亡くなったのは九八歳という高齢ですが、橋もろとも土石流に飲まれるその前日まで、講演や講義、その他の会合、執筆と、多忙だったようです。元気でなければ、とてもそうはいかないでしょう。

　ではなぜ？

それですが……私は、つまらぬことを考えております。

あの人、実はずーっと、嘘をついていたんじゃないでしょうか。

ええ。

未来なんて、まるきり信じなかった。それどころか、これからもっともっと悪くなると思っていたんじゃないでしょうか。どうしようもなくなると絶望していたんじゃないですかね。

だから、その真逆のことを言いだした。老境にさしかかった頃から、未来はすてきだすばらしい、これから何もかもよくなることにしよう。嘘をついて、その嘘でみんなをよろこばせて、こっちは腹で笑っていよう——と決め、そういう生き方に切り換えたんじゃないですかね。そしてそのために理論構築もやった、みんなをどう惹きつけて信じさせるかも工夫した。

情熱的に、いきいきと説いて回ることにした……。

　なぜって？

そりゃあなた、自分は年を取って、もう、ろくな将来、ろくな未来も期待できないのに、若い連中にはこの先がある——と思うと、いまいましいじゃありませんか。その位のこともしたくなるじゃありませんか。おかしいですか？　おかしくても構いませんよ。私にはわかりますからね。

私、八五歳。

青木さんが亡くなったときは、まだ七五歳だったから、そこまで考えなかったけれども、今となればあの人がそんな考え方をするようになったのが、よく理解できるんですよ。

そしてあの人、他人を騙(だま)すのは生来の天才だったんじゃないですか。

みんなを騙して。

そのうちに、馬鹿馬鹿しくなったんでしょう。

もうどうでもよくなってきたのかもしれません。

自分の予言(?)が当たるわけがないのもわかっていますしね。

で……もう、ええい、どうにでもなれという気持ちも出てきて。

生きてゆくのも疲れたのかも。

そうですよ。

あれだけ嘘をついて、未来はすてきすてきと説いて回って、心の中では笑っていたんでしょうね。面白かったんじゃないですかね。で、もうヤメタ、コノ世サヨナラとなったら、げらげら笑いもするんじゃないですか。

私にはあの人のような騙しの才能はありません。才能があれば私もやってみたいと、近頃はよく思いますよ。あれだけ世の中をだまくらかせたら、いつ死んだっていい気がするんです。

〔青木さんのこと　了〕

書いているうちに、ルームサービスのシュリンプカレーは来た。応接セットのほうに置いてもらってサインをし、しかし腹が減っていたので、書くのを中断して食事にしたのである。本当はもっと旨いはずだと思いながら。

とにかく食べた。それから書き上げた。

書き上げた原稿を検分する。

やはり……本音が出てしまっている感じがあったけれども、これまでに書いたのに加えて置いておく。

そろそろ寝る用意をしたほうがよいのであった。

(13)

眠るための段取りというのは、本人が要領良く組み上げているつもりでも、存外時間がかかるものである。あすの用意をし、机の上を片づけて、ホテルのベッドに入ったのは、結構遅い時間であった。それでも、ま、自宅ならぬ旅先にしては、早かったとすべきであろう。ここは泊まり慣れて部屋の型も知っている丘ホテルなのだ。他のホテルとは違う。

他のホテルとなれば、いろいろだが、そういえば外国では奇妙な部屋も経験している。彼は朗子が亡くなった少し後から、奈子と一〇回以上海外旅行をした。以前のように仕事がらみではなく、死ぬまでのお遊びのつもりでである。少しばかり経済的余裕があるおかげの観光旅行なのだ。ネットの類をやらない彼のために奈子が手続きをとり、同行もしてくれた。奈子にすれば迷惑だったろうが、行く先が(映生のわがままで)イギリスとその他のヨーロッパであり、奈子にはそれなりの目的もあったらしく、協力してくれたのである。彼としては体が回復したらまた海外旅行をしたいが、もはや無理であろう。ともあれ、これまで泊まった海外のホテルの中には、どういうつもりか滅茶苦茶に明るいあかりを天井に九個も並べているのがあったし、壁に巨大な光るウスバカゲロウを取り付けているところもあった。ミラーボールがぶら下がっている部屋に泊まったこともある。でも、ま、ここはいつもの丘ホテルなのだ。映生は眠ろうとして、体の力を抜いた。

目を覚ました映生は、自分としては大分長い間じっとしていた。ベッドの中なのである。すぐに眠りに落ちて、夢を見ていたのだ。

また、あの夢だった。

会社――「関西耐火物工業」大阪本社にまだ勤めている夢。しかし社内の人々は、彼が退職したのを承知で対応している、というものであった。起きて考えてみれば、そんな状況はあり得ないのだが、夢ではちゃんと成立しているのである。

彼が「関西耐火物工業」を退職したのは、ずっとずっと前だ。三〇歳にもなっていなかった。会社での慣習文例による辞表の円満退職(そういうものが定式だったのである)で、少ないながら退職金ももらった。何の問題もないのである。

思い出すまでもなく……だが。

その頃のオフィスには、まだコンピュータのかけらもなかった。電卓の幼虫というべき指で操作する計算器があったけれども、それすら結構高価だったのである。オフィス革命なんて、気配もなかった。

そうしたつまりは原始的な時代のオフィス。上のほうが傾きながら山と積まれた書類、あちこちで鳴りひびく電話の正調古典音と噛みつくような応答の声、また声。ばたばたと行き来する男や女。そしてもうもうとひろがるタバコのけむり——のあの頃。

映生はペンにインクを浸して忙しく帳簿に記入し、受話器をつかんで返事をし、カーボン紙を書類にはさみ、他の課との交渉に赴く。

大阪本社といっても、小型のメーカーで、貸しビルの中なのである。そう広くないワンフロアー。居るのは五〇人にも満たない。それでいて活気があった。こういう事務所では、雑然とした一体感と同時に、一人ひとりの存在感も消えない。

本社の社員たちは、なめらかにそつなく映生に対応していた。なめらかにそつなく対応しているが、それは表面だけで、よそもの扱いなのだ。映生自身がこれまでに、何かで会社のメンバーになったよそものと仕事をしてきた経験があるので、よくわかるのであった。今は脱落した人間として、逃げ出した者として、本社の本物の社員たちの本心が伝わって来る。声のない声が聞こえるのであった。

(図々しいなあ。こいつ、きょうも出勤しとるやんか)

(うれしいんかなあ。悲しいんかなあ)

(ああ、経理へ行きよった。会計と喧嘩するんやな)

(何を、頑張っとるんや)

(お前、ここで働いていられる人間と違うやろ)

(それで仕事をしてるつもりか)

(アホやわ。この人)

（辞めたんやったら、辞めたようにせえ）

聞こえる。

体にしみ込んでくる。

だからといって、映生はオフィスを出ることはできない。ここでは用のない人間なのにここを離れるわけにはいかない。離れられずに、ここで何の意味もなく仕事まがいのことをしているだけ。

みんな、腹の中で嘲笑（ちょうしょう）しながら、ちゃんと映生と口をきいている。

自分はオフィスに居られない無用の存在なのに、オフィスから出ることもできない無用の阿呆でもある——と、映生は思うのだ。夢の中ではそうなのである。

目が覚める頃には、半分、これは夢だと悟っている。

目が覚めた後は、自分がそこから切り離されているのだと気が楽になる。同時にその世界は意識として自分に取り付いているのだなとも思う。

そこで何の脈絡もなしにトイレに行きたくなった。そういう体、そういう年齢なのだ。トイレに行って戻ってベッドに入り、天井をにらむ。

今のつづきの想念。

いまだにこういう夢を見るというのは、自分の心の底に「関西耐火物工業」社員だった頃への懐旧の念があるからだろう、と、映生はそのことを否定する気はない。懐旧の念とは、独身寮や工場や海、さらに都会のサラリーマンとしての日常や大阪本社の自由な空気——などに対してのものであり、また、初めて社会人の立場を得た時期の記憶にもからんでいたのだ。

しかしそれは、会社をまだ辞めずにいたらどうなっていたかということと、裏表の関係なのである。辞めなかったら……そして原稿書きにそんなに力を入れなくなっていたら……現在の自分とは随分違う境遇になっているであろう。少なくとも自分が望むものではないであろう。

だから、これでいいのだ。

「関西耐火物工業」を辞めたのは、正解だったのだ。

それに……「関西耐火物工業」を辞めずにいたとしても、定年というものがある。かつては定年は五五歳だったが、延長したのであろうか。延長したとしても、せいぜい六〇歳とか六五歳であろう。現在の映生は八〇代なのだ。この年まで年金も頼りにして食いつないでこられたかどうか、怪しい。

——という、いつもの思考にたどりつくのである。

やめろやめろと、そこで彼は自分を抑制した。

眠るのだ。

ホテルのベッドの中に居るのである。

眠れ。

（14）

しかし。

映生はここで、会社と自分の関係ということについては、当初、どうなることやら見当もつかなかったある出来事を、想起せずにはいられなかった。というより、今なお忘れようとしても忘れられないピンチとするほうが正しいかもしれない。

あのことがあったから、自分は会社との関係を本気で考えなければならなくなったのだ――と、彼は思う。

すると、この今の瞬間ベッドの中に居て眠るだけだという余裕のせいか……意識が動き始め、記憶がよみがえってくるのであった。

あれは、会社を辞めることになる半年以上も前だ。そして同時に、会社を辞めることにも、結果としてつながっていた。そこにはいろいろな事柄が絡まっており、当事者の映生の頭の中では瞬時にして展開できるけれども、わかってもらおうとすればある程度経緯を説明しなければならない。そんなことをしるす必要はないとする人には迷惑であろうし、やや長くなるが……書くべきであろう。

少し過去の時点に戻る。

「日宝・速風共催第一回コンテスト」で、入選作なしの佳作第二席に入って、大修正を余儀なくされたものの何とか「月刊ＳＦ」に作品を発表することができた映生は、他のマガジンや出身母体の「原始惑星」にも書いて、はた目には新人の一人と見做(みな)されているようであったが、実際はそう甘いものではなかった。ＳＦそのものが無視された状態であり、肝心のＳＦ専門商業誌「月刊ＳＦ」からのその後の原稿依頼がなかったのである。どんどん遅れてゆく感じであった。このことについては「月刊ＳＦ」の編集長会津正巳が、映生が書くものをまるきり評価していない、との噂も耳にしていたけれども、彼にはどうしようもないことであった。

しかしこの時期になると、それまでそっぽを向いていた出版社のいくつかが、ＳＦに手を出すようになってきていた。これは決して編集者たちが本気でＳＦを手がけようとしたのではなく、インチキ臭いが商売になりそうだと踏んで、参入してきたためである。そういえばこれは、この状況がもっと進んでＳＦが奇妙な風に持ち上げられた頃、すでに速風書房を去っていた林良宏——高野山暁星が、映生にはっきりと告げたことがあった。

「浦上さん、今はやたらにＳＦ、ＳＦと言われているけど、本当のところ、ＳＦが好きな編集者なんて、一人も居ないよ」

と、二度も言ったのだ。ＳＦ好きでは人後に落ちない林良宏としては、口にせずには居られなかったのであろう。

まあ、だからといって、次にしるす東文舎の青野豊もそうだったのかとなると、映生には簡単には答えられない。ＳＦが好きとか嫌いとか、人にはさまざまな型や思考があって、一人ひとり違う要素を持っているはずである。青野豊は青野豊なりにＳＦを愛していた、とすればいいのだ。

　とにかくそんなしだいでこの時期の映生は、「関西耐火物工業」の社員と、ぽつりぽつり作品を（ただし大方は同人雑誌の『原始惑星』に）発表している書き手の二足の草鞋を続けていた。

　平穏無事だったわけではない。会社は岡山県にもう一つ、新しい工場を建てようとしており、彼は建設委員兼務として、これまでになかった仕事もこなさなければならなくなった。秋には大阪を台風が直撃し、ちゃんとしたビル内にある銀行勤めの朗子は当然出勤したが、映生のほうは会社を休んでオンボロ社宅で頑張らなければならなかった。屋根瓦が飛ばされてたくさん割れ、家中雨漏りの競争になり、路地の塀は倒れた。

　だが全体として、運がしだいに向いて来つつあったというべきであろう。

　いくら申し込んでも落選つづきだった公団住宅が当たったのだ。それも、彼の実家と朗子の実家の中程という好位置の団地である。その団地は、元は旧制高等学校だったのが戦後の学制改革で新制大学の教養部になり、映生はその大学の学生として、一年生のときには通っていたのだ。建物は変わってしまったけれども、里帰りみたいなものだった。その新しい建物というのが、当時の団地では珍しい七階建てのエレベーター付き、なのである。しかしここで言って

郵便はがき

料金受取人払郵便

小石川局承認

1025

差出有効期間
2021年12月
31日まで

112-8731

〈受取人〉
東京都文京区
音羽二―一二―二一
講談社
文芸第二出版部 行

書名をお書きください。

この本の感想、著者へのメッセージをご自由にご記入ください。

おすまいの都道府県 性別 男 女

年齢 10代 20代 30代 40代 50代 60代 70代 80代～

頂戴したご意見・ご感想を、小社ホームページ・新聞宣伝・書籍帯・販促物などに使用させていただいてもよろしいでしょうか。 はい（承諾します） いいえ（承諾しません）

TY 000044-1910

ご購読ありがとうございます。
今後の出版企画の参考にさせていただくため、
アンケートへのご協力のほど、よろしくお願いいたします。

■ **Q1** この本をどこでお知りになりましたか。

1 書店で本をみて
2 新聞、雑誌、フリーペーパー〔誌名・紙名　　　　〕
3 テレビ、ラジオ〔番組名　　　　〕
4 ネット書店〔書店名　　　　〕
5 Webサイト〔サイト名　　　　〕
6 携帯サイト〔サイト名　　　　〕
7 メールマガジン　8 人にすすめられて　9 講談社のサイト
10 その他〔　　　　〕

■ **Q2** 購入された動機を教えてください。〔複数可〕

1 著者が好き　2 気になるタイトル　3 装丁が好き
4 気になるテーマ　5 読んで面白そうだった　6 話題になっていた
7 好きなジャンルだから
8 その他〔　　　　〕

■ **Q3** 好きな作家を教えてください。〔複数可〕

〔　　　　〕

■ **Q4** 今後どんなテーマの小説を読んでみたいですか。

〔　　　　〕

住所

氏名　　　　電話番号

ご記入いただいた個人情報は、この企画の目的以外には使用いたしません。

おかなければならないのは、エレベーターまであるというのに、電話となると、中庭に一つ、団地の建物の表に一つ、公衆電話ボックスがあるきりで、電話のある家はなかった――ということである。ああそれは団地の事務所にはあったろうが、住人には関係のないものだった。ご存じの人にはまたそれかと言われそうだが、住人たちの室に限らず、というより一般の住宅について述べれば、大抵の家には電話がなかった。たしかに電話は普及しつつあった。が、公共機関、企業、団体が優先されて、個人の家庭は後回しであり、それも大きな家や古い家からだんだん行き渡っていたのである。もしもどうしても電話で連絡をというときは、相手の近所の電話があるところに掛けて、そこから先方の人を呼び出しに行ってもらう――という方法をとったものだ。映生が高校生の時代には、クラス名簿に近所の呼び出し番号を記載しているものが少なくなかったのである。その電話、しだいに普及していたものの、加入を申し込むとなれば工事のためということで高い債券を買わされ、架設の順番が来るまで何ヵ月も待たねばならなかった。で、映生にしても、団地に入居すると同時に電話加入権を申し込んだけれども、いつつくことになるのやら、全然わからなかったのである。

　それから、家賃の件があった。前にも述べた通りオンボロ社宅はオンボロにふさわしく家賃は嘘のように安かった。たしか、一ヵ月七〇〇円台だったのだ。なのに新しく建てられる公団住宅に（うまく当たったのを幸運とすべきなのも繰り返すべきであろう）入居したのは、◎早晩会社を辞めることになるだろうから、社宅には居られない。◎彼と朗子の実家が近いので連絡を取り易い。◎普通学していたから土地になじみがある。――といった、これもすでに書いた事柄に加えて、◎この時代、古い日本の家屋よりも鉄筋コンクリートの公団住宅のほうがはるかに体裁もよく、◎映生はもとより朗子も実家との関係で外出が多いのを思うと、鍵一つで留守にできる団地はありがたかった、ということがある。

だがそのぶん、家賃は高くなった。共益費を入れて一万円になったのだ。ただでさえ一杯一杯の家計で、彼と朗子の給料だけでは、原稿料の入りが少ない月には東京行きは赤字であった。社宅から新しい団地に引っ越した後、家賃はどうなったのかと会社の人間に尋ねられた彼は、適当にごまかさなければならなかった。

さて。

いろいろ並べた。

これに、朗子の妊娠というのが入ってくるのである。

子供ができるのはうれしいが、朗子は退職するのだから（それがその頃の不文律みたいなものであった）銀行員としての給料はなくなってしまう。その後の退職金（実際は勤続一〇年で一〇万円であった）つづいて六ヵ月間の失業保険が終わると、そこまでなのだ。現在の八〇歳台の映生なら、ま、そんな事態を招かぬようにすることから考えるところだろうが……当時は、行け行けであった。人間何かが起こり始めると、わーっと集中して来るものとされているらしいが、本当にそうなのかもしれなかった。「わーっ」の中に朗子の妊娠も入っていたわけである。しかし当時はガンバレガンバレで、あまり適当なたとえではないだろうが、戦場で武器を振り回す戦士みたいな心境だった。何とかなる、というより、何とかするしかないのであった。

そうなのである。

東文舎の書き下ろしの件というのは、正にこの時期に重なっていたのだ。

東文舎のことについて映生は、大岡山黎から多少話を聞いていた。といっても彼は、周囲の人々に、いや現在に至っても例えば奈子などに指摘されるように、他人の話をちゃんと聞いていない習癖があるので、後になってああそうだったのかと思うことがいろいろあったけれども……ま、多少は頭に入れていたのである。

東文舎というのは、大手出版社である大河堂のダミー会社であった。そこで以前は看板大衆月刊誌をやっていた青野豊が社内にそういう部門を作ったに過ぎない。しかし若手作家を中心にした新書判の書き下ろしミステリーシリーズが評判になり、次々刊行をつづけていた。大岡山黎と行き来のあった青野は、SFにも進出することにし、まず「SF創作クラブ」の最長老の昨夜不来の作品を出していたのだ。「輝く尖塔」という長編である。この「輝く尖塔」、SFの刊行が数少なかった頃にしても、扱われ方は小さかった。唯一のSF専門誌「月刊SF」が、ずっと翻訳最優先だったということもあるのだろうが、当時のSF界の、まだそういうものができているか否かさえはっきりしない人間関係の中では、やむを得ないなりゆきだったかもしれない。

その東文舎の青野豊から、大岡山黎を通じて声が掛かったのだ。

初めて入る大河堂の石で鎧(よろ)われた建物は、堂々として威容があり、映生は圧倒された。古風な照明はあるものの、気のせいかどこか暗い大きな部屋で、他のやはり来訪者らしい人々と共に、彼は待った。

出て来た青野豊は、初めのうちこそ挨拶口調だったが、じきに遠慮なく言いたいことを彼に告げた。長編でなければならぬ。面白くなければならぬ。

映生は手持ちの構想をいくつか話し、そのうちに、つい少し前に「原始惑星」に出した七〇〜八〇枚の作品をもっと書き込んでみないかということになった。かなり気ままに書いた小説としては未完の気分の宇宙ものなのだ。

書き上げて読んでもらうということになった。

映生は書き始めた。

出だしの、主人公の性格付けは、自己の投影と言えなくもないどこか暗くて平凡なものであったが、話自体は元の作品よりずっと派手で奔放な展開にして、である。自分でも小説作りが巧(うま)いとは思っていなかったものの、それはあまり考えないで、かなり衝動的に突き進んで行ったのだ。

会社のほうも忙しかった。

そのうちに、とうとう朗子の陣痛が始まった。彼は団地からそう遠くない病院へタクシーで同行し、朗子を入院させた。朗子のお母さんも病院に駆けつけて、付き添ってくれたのだ。生まれたのは女の子である。大阪には珍しく雪が降って積もった夜半、彼は病院から団地へ、独り歩いて帰った。積もった雪のせいで夜の底が明るく、彼は、自分たちの前途も明るいことを信じたのであった。

朗子と赤ん坊が病院から実家に移った後は、団地での独り暮らしである。会社の帰りに朗子と赤ん坊の様子を見に寄った後は、団地でひたすら書くことになった。彼は書きつづけた。よくわからないが、自分では快調であった。

で。

ここで「その夜」になるのである。

回想であった。

まぎれもない回想。

⒂

映生はペンを止めて、タバコに火をつけた。この年頃はヘビースモーカーだったのだ。タバコをやめることになるのは、ずっとずっと後年、朗子が病気で亡くなってからである。この時代は小休止すなわちタバコ、なのであった。

快調。

ペンにこっちの思考が流れ込んでいるみたいだ。

元来、ものを書くとなれば、走ってはならない書き過ぎてはいけない——とされている。上っ面を撫でることになり、下痢症状を呈するからだ。しかしその夜は、ともすればそうなりがちであった。

今、何時頃だろう。

映生は時計を見た。朗子と赤ん坊のところから家に帰って来て、残しておいたパンとパックのミルクを腹に入れると、きのうのつづきを書き始め……夢中で筆を走らせていたのである。

一二時を少し回ったところであった。

このあたりで止めてもいいが、頭の中はまだ活動している。勢いがあるのだ。もうちょっと行きたい。

彼は自分以外に誰も居ない深夜の住まいを見渡した。家の中のすべてのものが、進め進めと言っているようであった。

よし。

行け。

彼は喫い終わったタバコの火を丁寧に消すと、ペンを握った。


映生は、はっと我に返った。

一応切りのいいところまで書くと、現在の自分についての意識が戻ってきたのである。

今、何時だ?

時計。

三時を過ぎていた。

深夜を過ぎて夜明けに向かう――午前三時である。

もう寝なければならない。会社の始業時刻は午前九時である。九時までに出社しようとすれば、いくら遅くとも午前八時一五分には出かけなければならない。

彼は急いで上衣とズボンを脱いで壁に引っ掛け(きちんと畳んでいる暇はなかった)ネクタイを外したワイシャツのまま、すわっていたソファーベッドを開いて横たわった。すぐに眠れば四～五時間は眠れる。それだけ眠れれば、会社の仕事はやれるだろう。

が。

眠れなかった。頭の中では主人公が動き回り（シロタ・レイヨというのだ）状況が大きく変転している。

駄目だ。

眠れない。

眠れなくても、寝なければ。

といって、家には催眠剤のたぐいはなかった。昔からそんなものは使わないようにしてきたのだ。

眠らなければ。

となると、アルコールの力を借りるしかなさそうであった。

酒。

それも強い酒がいい。強い酒で熟睡するのだ。

そういえば戸棚に、少し口をつけただけのドライジンがあった。ジンは好きだし、よく眠れるだろう。彼は戸棚を開き、ウィスキーグラスに半分ジンを注いで、ぐいと飲んだ。

体が熱くなってくる。しかしそこまで、か？

もう一杯。

彼は飲んだ。

とにかく強引にでも、寝なければならないのである。

三杯目も飲んだ。

何だか目が回ってきたようである。

これでいいのだ。

これでよし。

彼はソファーベッドに戻って仰向けになり、毛布を引っかぶった。

急速な落下の感覚、であった。


初めにはっきりした視野があり、遅れて意識が動きだす——ということがある。この場合が正にそうなのであった。

目に映っているのは、机と原稿用紙と万年筆である。シロタ・レイヨがどうのこうのという文章が見える。その向こうは数字とローマ字の、つまりカレンダーを張りつけた壁だ。予定を書き込んだカレンダー。しかし、みんな何もかも斜めになっていた。

まだ頭がはっきりしないまま、映生は体を起こした。壁も机も正しい位置に戻って、彼は毛布を体から引き剝がした。

いつもの部屋がそこにあった。

いつもの。

そう。

ぱたぱたぱたと、何十枚ものビラみたいに、記憶が殺到してきた。

これは、朝なのだ。

会社に行かなければならない朝なのだ。自分は出社するために、そう、ジンを何杯か飲んで眠ったのである。

とにかく、と、彼は現実へおのれを戻した。

とにかく、今、何時だ？

床に落ちていた腕時計をつまみ上げて、見た。

四時三〇分。

用意をして出勤するには充分であった。いつもの起床よりもずっと早いのである。

それにしても。

不思議なのは、明らかに睡眠不足のはずなのに、頭痛もなければ目まいもしないことであった。

だがそんなことを考えてはいられない。彼は住居の棟からは外に当たる大通りの側の窓のブラインドを開いた。

窓から、たくさんの車の屋根が見える。

まだ五時前なのに、こんなに車が走っているのか？

待て、と彼はそこで凍りついた。これは夜明け・早朝の五時ではなく、昼も過ぎた夕方の午後五時ではないのか？

まさか。

まさかと思いながら、彼は部屋の中を見渡した。午前と午後の区別ができない腕時計ではなく、午前午後がわかる時計は……ないのであった。テレビをつければはっきりするはずだが、家にはテレビはない。そんな経済的余裕がないのだ。で、キッチンに置いたトランジスタ・ラジオのスイッチを入れたのである。何やらスポーツをやっていた。朝の番組とは思えなかった。

午後五時前なのか？

かも知れぬ。

彼の頭の中を、遠い記憶が走り抜けた。

あれは学生時代のことであった。

柔道の寒稽古（かんげいこ）のさなかである。早朝、暗いうちに湿った柔道衣をかかえて、家を出なければならない。その年の彼は部の役員であった。夜明けに起きたのである。

ある朝。

目を覚ますと、それからどんなに急いで出ても、道場に着くのは稽古が終わった後――という時刻であった。遅れて行った彼はみんなに平身低頭して回ったのだ。

そういえば彼はこれまでにもときたま、滅茶苦茶眠って起きられなかった、という体験をしていた。今ならそういうのを爆睡と呼ぶようだが、当時はムチャクチャ眠りとでも言われていたのだろうか。ともあれ自分にそんな欠陥（？）があるのを自覚した彼は、何とかそこから逃れようとした。で、これは柔道部に関係のないことでだが、弟に、どんなことがあっても起こしてくれと頼んだのだ。起きなければ水浸しの雑巾（ぞうきん）で顔を拭いてくれと言ったのである。だが彼は、結局、目的の時刻には起きられなかった。弟の話によれば、濡れ雑巾で顔をこすられた彼は、起き上がりざま弟の頭を力一杯殴り、また眠ってしまったらしいのである。思わぬなりゆきに弟は何の抵抗もしなかったらしい。それ以後は家の誰に頼んでも、起こしてはもらえなくなった。

それを……以後長い間、無理に起きなければならぬようなことは徹底的に避けていたから、半分失念してしまったのだ。少なくともこの夜明けには（作品を書くこと以外は）考えもしなかったのだ。

アホーアホーと、彼はおのれを罵（のの）しりたかった。もちろん声に出して罵ったりはしなかった。

とにかく。

とにかく、事態を収拾しなければならぬ。

しかし収拾って、どうなんだ？

今自分が置かれた状態を一挙に挽回する方法なんて、ないではないか。

収拾がペケなら、せめて次善の策を。

次善の策。

とにかく会社へ、きょうは休むと連絡すべきではないか？

家に電話がないから（あればとっくに会社から掛かってきたはずだ）住まいを出て、中庭に行って、そこの公衆電話から連絡する……

きょうは休みます、と？

終業時刻の一五分前、いや五分前に？

どうかしているんじゃないか、浦上はおかしくなったと言われるだけのことではないか？

では？

では。

いくら考えても、方法は一つしかないのであった。あす普通に出社するのだ。出社して詫びて回るか、辞表を出すか、（ま、そこまでやる気はないけれども）平生腹が立っている先輩社員か上司かそのあたりの誰かをつかまえて殴り倒し、会社を飛び出し、それから後のことはそうなってから思案するか。

ええではないか。

どないなろうとも、しょーがないではないか。

彼はのろのろと服を着た。

もう少ししたら、朗子の実家へいつものように様子を見に行き、それから町で何か食べるものを買って帰り、晩飯にしよう。そして寝るのだ。

問題はあす、である。

あす。

いつものように出社するのだ。出社してどうなるかは、もう考えまい。なりゆきである。なりゆき。

翌日。

ふだんの通り出社した。

そして出社した自分は、ぺこぺこぺこぺことオフィスの社員たちみんなに頭を下げて回り、謝罪した。昨日はまことに申し訳ありませんでした。へたばって一日寝ていたのです。家に電話がないので連絡できなかったのであります。お許しください。はあ体調不良なんです。しかしどこが悪いのか、わかりません。

——と。

はて。そうだったかな。

そのはずなのに、謝って回った記憶がないのである。無理にでも想像しようとすると、いかにも作り物といった情景が見えて、すぐによろめくように消えてしまうのだ。

おかしい。

本当はどうだったんだろう。

自分は会社に行って、どうしたのだろう。

本社の社員たち相手の（こっちに都合のいい）乱闘場面を思い浮かべてみた。少し見えたような気がしたけれども、じきに薄くなってしまう。またやってみる。現れて、薄くなっておしまい。

それ以外は――。

出てこない。会社をやめて家の中でぶらぶらし……遊んでいる自分はいくらでも頭に浮かぶが、ただの空想。

結局、どうなったのか不明だった。そんな変なことがあるものかと、自分自身に言ってみても、そうなのだ。メチャクチャ睡眠で出社しなかった翌日、どうしたのか、何も思い出せない。

怪異だ。

怪談だ。

もっと考えろ。

考えたが、やっぱり徒労なのだった。今こうして、あの頃のことを思い出そうとして……八〇歳台になった人間として、丘ホテルのベッドの中で、あのときどうしたのかをいくら考えても、何も覚えていないのである。あのときの、あんな無断欠勤をやったら自分はどうなったか、こっちの対処しだいでは一生がまるで違うものになった場面だというのに、しかも自分はその中を通過してきたのに、何もない。何も覚えていない。

「…………」

いいではないか、と、突然彼は自分自身を解放した。

何も覚えていなかったからって、それがどうだというのだ？　自分はここでこうして生きている。何も記憶していなくても、それでいいではないか。

気にするな。

もう気にするな。

何もかも、なりゆきまかせでいいではないか。

どうでもいいのだ。

忘れてしまえ。

なるようになる、なるようにしかならないので、その結果としての自分がここにある。それでよろしい。

それでよろしい。

それでよろしい。


丘ホテルのベッドの中へ、一切合切をゆだねて、映生は眠り落ちてゆく。

(16)

映生はぼんやりと目を開いた。

泊まりつけのホテルのベッドというのは、こちらに対するよそよそしさとなれなれしさの両方の感じを持っているものだ。彼にとって丘ホテルはそうであった。長いこと、そうであった。しかし、病気で入院し、退院しては入院し、東京に行かなかった今は、何となく違う。異郷じみた印象が現れているのであった。

まあそれも、仕方のないことだろう。異郷がどうこうと言っていられる身ではない。この世からおさらばする日が、毎日近づいているのである。

いや実は……。

妙な幻覚との出会いをときどき経験するようになり、人間の生死とは本当は何であるのかと思ったりし、自分でも（歪んでいるが）あり得ないことではないと頷きながら奇妙な短話を好きなように書き、かつ、その間隙（かんげき）を狙って到来する夢や空想や記憶をむげに否定もしないでいるうちに、別の言い方をすれば、病気の進行の副作用かもしれない現象に接しているうちに……彼は、自分がどうなりつつあるのやら、はっきりしたことは言えない情況になっていたのだ。

そしてそれは、このところしばしば考える無責任肯定感――すべて、なるようにしかならない、なるようにしておくしかない、あがいても無駄、というあの感覚と合体して、混然としたわけのわからぬ、しかし妙な具合に発光する妖怪になってきているのだ。それもだんだん大きくなる強迫観念的妖怪、なのである。

待て待て。

映生自身がよくつかめないものを、いくらつらねたって、駄目であろう。これからを語るうちにおぼろげにでもつかんでもらおうとするのが、正しいのであろう。

そうであった。

映生がぼんやりと目を開いたところまでであった。

本日の予定。

ルームサービスで食事をし、書けるものなら短編を書く。荷物をまとめてチェックアウトをする頃、娘の奈子がホテルに来て、食事を共にする。それから帰途につく。

何ということもない予定だ。

これまではそうであった。

けれども病気で体が弱ってくると、こんな当たり前の日常的な行為も、おのれを励まして元気を出さなければならない。

元気を。元気を。

彼は部屋の電話で、洋朝食を頼んだ。下のレストランのどれかに行くことも考えないではなかったが、奈子との食事が同じレストランになる可能性もあり、また、今の体調で下へ行くのがいささか大儀だったのも、事実である。のろのろと顔を洗い、服を着ているうちに、洋朝食はじきに来た。

ミルクとホットコーヒー、バタートーストにサニーサイドアップ、少々のサラダ、である。頼めばもっと来るけれども、これでも食べきれるかどうか怪しい。手術で胃を切除されたために、食べたものが食後にどっと腸に行き、急に吸収され、結果的に低血糖になる――のだそうで（ダンピング症候群というらしい）そうなると結構しんどいのである。その場合のために、彼は医師に教えられた葡萄糖を持ち歩いているけれども、元来は腹一杯になるまで食べるのが楽しみだった身としては、これもまた人間としての格落ちだとの気がするのであった。しかし同時に、間違いなく近いうちにこの世からおさらばする自分が、まだ人間としての格がどうこうという感覚を捨て切れないのが、やはり可笑しいのもたしかである。

ま、こんなこと、どうでもいい。

ホテルの、少し焼き足りない感じの上等のトースト。昔は目玉焼きとしか知らなかったサニーサイドアップ。ゆっくりと体に行き渡って行くコーヒー。この次ここで食べるのは、いつになるであろうか。それを思って……今の自分に多過ぎても、全部平らげてしまいたいところだが、やはり無理はよろしくない。ここ数年、いやもうちょっと前からか、いつの間にかそうなってしまっている「成りゆき」まかせに傾倒しがちな心情に従うとしよう。

考えながら、しかし彼はもう食べ始めていた。かつてのようにムシャムシャとは食べられなくなって、もうどの位になるであろうか。でも、こんなにクシャクシャのろのろ噛んでいても、旨いものは旨いのだ。少なくともまだ今の体では、丘ホテルの洋朝食、旨いのである。

その間にも、話のかたちはできてゆく。

(17)

十万余騎（じゅうまんよき）というのが、その作家の筆名である。本人は、できることなら六十余州（ろくじゅうよしゅう）十万余騎にしたかったのだが、長過ぎるし、世間の人は筆名とは認めないだろうと思って、下半分にしたのだ。それでもやっぱりケッタイだと言う人は少なくないであろう。しかし小説書きの筆名なんて、税務署に出す書類では「屋号」ともある。何でもいいのだ。何でもいいのならこのあたりにしよう——で、十万余騎、なのであった。七五歳の作家さん、だ。

十万余騎は、O橋を南から北へと歩いている。O橋はO市とS市を隔てるY川に架かった橋で、幅広く、多くの車が行き来しているのだ。十万余騎が進んでいる歩道はその一番端で、コンクリートの欄干の間から水がきらきらと陽をはね返しているのだった。

太腿（ふともも）に疲れが溜まってきたので、彼は歩みを止め、歩道の欄干に片腕を載せた。

そこで、おやと思ったのである。

橋の、彼とは逆方向に行く車列のその向こう、つまり間を置いての同方向車の一台が、彼に合わせるように、道路際に停車したのだ。

偶然か？

ちょっと眉をひそめてから、彼は歩行を再開した。

O橋を渡り切って、ちらと視線を走らせると、さっきの車が中央分離帯の向こうを、こっちと同じようにゆっくりと進んでいる。さっきの車だ。箱そのもののような車体だ。

彼は歩く。

歩くのが体にいいのである。きょうもこの調子で歩いて三〇分。陰陽師町(おんみょうじちょう)の自宅に戻るのだ。

が。

暫く歩いてまた横手——左のほうを見ると、箱型の車は彼と並行して動いているのであった。

何だ？

何かもくろんでいるのか？

わからない。

でもこっちには、こっちの予定があるのだ。

十万余騎は、歩き続ける。

ほどなく、交差点にさしかかった。

西北の角に、あまりはやっていないコンビニがある。クラゲンというのだ。なぜクラゲンなのかどういう意味なのか、彼は知らない。知らなくてもクラゲンは存在し、買い物もできる。

彼は交差点を東から西へ、西から北へと渡った。もちろん十万余騎としてではなく一人の歩行者として、クラゲンの中に入って行ったのである。ダンピング症候群に備えての葡萄糖を二袋と、白い小さな安物のういろうを一つ、買った。

現金での支払いを済ませて、がらんとした出口を抜けたとき。

「失礼します」

横合いから、声を掛けられた。

見ると、ハンチングをかぶった、長身で体格のいい男だ。年は四〇過ぎというところか。妙に愛想のいい表情なのだ。

「…………」

彼が黙っていると、そいつはまた言った。

「失礼ですが、十万余騎先生ですね？」

「――そうですが」

彼は警戒しながら応じた。

「そうですよね」

相手は、まあよかったという風に頷く。「私、この一週間、車で先生を追っておりました。十万余騎先生にお話というか、お願いがあります」

「…………」

ではさっきの箱型の車がそうなのか――と思いながら、十万余騎は黙っていた。

「何でしたら、そのコンビニのイートインに行きませんか」

男は、クラゲンを指した。

「その前に、どういうお話なのかを、伺いましょうか」

十万余騎は言った。

「ここで？」

「とりあえず、ここで」

「わかりました」

男は、にこにこと頷いて、つづける。

「お願いというのは、先生に、書くことをやめてもらえないかということです」

「書くことを……やめる？」

「そうです。執筆をやめて欲しいのです」

「執筆を？」

「ええ。一切の執筆活動をストップして頂きたいんです」

男は依然として柔和な顔つき、親切そうな口調で言う。「作家活動から手を引いて頂きたいんですよ。きょうから、今後ずっと」

「…………」

黙って聞いていた十万余騎は、辛抱ができなくなった。

何だこいつ！

どういうつもりだ？

しかしそれだけではなく、相手は、さらに奇怪なことを言いだしたのである。

「おやめ下されば、私どもは直ちに先生の口座に、三〇〇万円を振り込みます」

「…………」

「是非とも、そうお願いしたいんですが。いかがでしょう」

「…………」

十万余騎は相手をにらんだ。

何だこいつ。

どういうつもりだ？

物書きには、書くことがいのちだと、知らないのか？

「どうか、断筆して下さい」

「いい加減にしろ！」

十万余騎はわめいた。「なぜ私がそんなことをしなきゃならない？」

「それは、申し上げられません」

「なぜ言えない？」

「申し上げられません」

と、相手は依然として愛想がいい。蛙の面に水である。

「大体、あんた、じゃない。私どもと言ったな？　あんたら、何者だ？」

「ご想像にお任せ致します」

「こんなことをして、あんたらに何かいいことがあるのか？」

「それも、ご想像にお任せ致します」

「…………」

「三〇〇万ですよ。三〇〇万、差し上げます」

「なぜ三〇〇万なんだ？　何のための金なんだ？　どこから出ているんだ？」

「はあ……一切、ご想像にお任せ致します。三〇〇万ですよ。書くのやめて、三〇〇万」

「じゃ」

と、十万余騎は少し方向を転じた。「もしもその金を頂いて、また書きだしたらどうなるんだ？」

「ネット上や無数のチラシに、あなたのことが出ますよ。三〇〇万ドロボウとも宣伝しますよ。あなたのこと、よくわかっているんですから。私どもにどれだけのことができるか……そういう人がこれまでにたくさんいて、どんな目に遭ったか、あなたがご存じないだけです」

「…………」

「三〇〇万で、いかがです？」

「待て」

十万余騎は片手を挙げた。「それでも書き続けたら、私はどうなる？」

「さあ。英雄になるか世の中の人々に後ろ指をさされて消えるか……なりゆきしだいですね」

「…………」

「お返事、下さい。書くの、やめますか、つづけますか」

「…………」

「ま、急に言われても困るとおっしゃるのなら、そうですね。一〇日後、またお目に掛かりましょう。一〇日後にはひょっとすると、三〇〇万ではなく、三五〇万とか四〇〇万とかになっているかもしれません。つまり、先生の沈黙料が値上がりしたということになります」

「…………」

「それでは失礼致します。一〇日後にまたお目に掛かると存じます。それまでどうかお元気で」

男は相変わらずソフトに喋り、それからまことに丁重にお辞儀をし、体を立て直すと、行ってしまった。さっきの箱型の車をどこかに置いてあって乗ろうということなのであろう。

十万余騎は、暫くその場にたたずんでいた。頭の中は、まだ変になったままである。

書くのをやめたら三〇〇万円。

そういうことを求めている個人なり勢力なりがあるというのだろうか。

なぜ、どういう理由で？

なぜ、三〇〇万円なのか。

その金額は、変わるかもしれない。あいつはそんな言い方をした。

それでもまた書きだしたら……何だかややこしいことになるらしい。

わけがわからん。

本当なら、と、十万余騎は思う。そんな無礼な申し出は、言下に拒否すべきだったのではないか？　それが作家らしい態度ではあるまいか？

なのに、ぐずぐず。

中ぶらりん。

あいつ、一〇日後かそこらに、またやって来るのだろう。

三〇〇万円か。

三〇〇万円。

所詮自分は、その程度の物書きだということか？

十万余騎は顔を挙げた。

家に帰ってから考えよう。

考え事をしていて、つまずいて倒れ、寝たきりになったらどうする？

家に帰って考えよう。

彼は、陰陽師町の自宅へと、のろのろと歩き出した。

〔十万余騎　了〕

ついでに述べれば映生は、これを書き上げた後、原稿用紙の余白に、何か書いてみたくてたまらなくなった。自分でも馬鹿馬鹿しいと思いながら、とにかく大きな字で書いたのだ。

ガンバレ、ガンバレ。

しかしこれでは、十万余騎としては、平凡すぎやしないか？

ガンバレ、ガンバレを、消しゴムで消した。新しく書いたのは、
　ワッショイ、ワッショイ。

である。

その字を見つめた。

たしかに、自分でも馬鹿馬鹿しい。

本当に、今の、というより昨今の自分は、どうかしているのではないだろうか。

でも、ま、彼は、その字は消さなかった。残しておいてもいい。いつでも消せるのである。

（18）

帰阪のための荷物をまとめた映生は、テレビの前のソファーにすわった。二〇分か三〇分後には、娘の奈子がホテルにやって来る。ホテルのレストランのどこかで二人で食事をしてから、彼は大阪の自宅に帰るのであった。もともと奈子はこちら——東京のマンションで暮らしている人間であり、病気になった映生を助けるために大阪に来ているのだから、必要なときは自分のマンションに戻っていろいろ片付けなければならないのだ。申し訳がない気の毒だと映生は思うけれども、さりとてどうしようもないのであった。

ところで、目の前のテレビ。

昼前のニュースである。国際情勢はかなりきわどいことになりつつあった。一つ間違えば世界が崩れ落ちかねないのだ。いや危機的状況という意味では、国際情勢のみならず自然界や地球全体がそうなのである。それにもっと大きな観点からすれば、いつ、すべてが潰れてしまってても、おかしくないとすべきだろう。

しかし人間はそうと知りながら、それを日常として平気で生きている。というより、日常とはそういうものなのだ。

そしてこの自分は、病気でもう間もなく消滅する身でありながら、やっぱり日常を日常としている。いい気なものである。

が。

彼はそこで苦笑してソファーにもたれかかった。何がどうであろうと、一番早く消滅してしまうのは、自分自身なのである。そんなことを考えても仕様がないではないか。そして正直に言ってしまうと現在の彼は世界がどうなってしまおうと知ったことではないのである。

彼がそうした想念を弄（もてあそ）んでいるうちに、奈子は来た。少し話し合ってからホテルの地階のレストランに行くことになった。軽めのフランス料理のレストランである。

着席すると奈子はメニューを拡げ、映生が何にするかを確認ののち、自分が食べるものの選定にかかった。基本的には映生は、どれでも不満はないのである。戦後の貧しい食糧事情下に育ち、洋食といえばコロッケとテキとカツ位しか知らず、それもポテト主体のコロッケ以外は滅多に口に入れることのなかった彼にとって、ややこしい名前の料理は、覚えること自体が一苦労だった。ことにフランス料理となると学校でフランス語を学ばなかった彼には、ほとんどお手上げだったのだ。ま、その後年月のうちに、少しずつ知識を仕入れて、何とかとんちんかんにならないように努めているものの、テレビなどでレシピとか若い男性の手料理とかが出てくると、逃げ出したくなるのである。そういえばいつか、中学生だったか高校生だったかに、「でも、テキとかカツとかの名前は知っていたんだ。なぜ？」と問われ、正直に、試験の前などに「敵に勝つ」というわけで、母親が作ってそう教えてくれたのだ——と話したところ、相手が、全く理解不能といいたげな表情になったこともある。だから無用な抵抗はしない。ま、きょうのように一緒に居るのが料理に詳しい奈子のような、しかもいい格好をする必要のない相手だと、あれこれ教えてもらえるが、通常はなかなかそうはいかないのである。（余計なことながらそんなわけで、彼はきょうは、ただのテキとかカツではなく、奈子に示唆されて以前に食べ、おいしかった何とかいうややこしい名前の料理を頼んでもらったのだ）人類は何でも食べ、無数の料理があるというのに、ずっと生きてきながらそのごく一部しか食べないなんて、損である。損であるが、そういう人間なのだ。いやしかし、今のところは特別のアレルギーもなく、それほどの好き嫌いもないというわが身を、ありがたいとすべきであろうか。

料理が来た。

よく知らない、何がどうなっているやらわからぬ料理ながら、うまいのは事実だ。うまければうまいで、それでいいのである。

食べながら、奈子は色々喋る。話を聞きながら彼が思うのは、正直話題の半分以上が、彼にはその知識がないということなのだ。ならば残る半分はと問われると、これだってうろ覚えか聞きかじりの域を出ないのだ。まあそれは当たり前の話かもしれない。彼からすれば、奈子が子供の世代なのであって、その奈子にもし子供が居れば（奈子には暫く男と暮らした時期はあるものの、子供はできなかった）二世代下ということになる。二世代下なんて、共通の話題があるほうがまれだろう。何せ、こちらは八四歳なのだ。八四。話が合えばそのほうが不思議とするほうが、簡明である。

　もっとも、ここで言っておきたいのは、そういうずれにかかわらず、いやむしろそれゆえにとすべき奇妙なことがあるのだった。よく言われるように親というのは、いつまでも子供を子供としか見ていないところがあって、嫌がられるというのが通例だが、それだけ年齢が開き、しかもこっちも向こうもそれなりの年になっていると、お互い、結構世慣れていて、何をするにしても（というより話題によっては、とすべきところか）話が早い、というところがある。まま、そのとき喧嘩をしていればややこしいことになるけれども、うまくいく場合が案外少なくないのは、生きるためのノウハウなんて、実は似ている、ということかもしれない。もっともそんなこと、映生の勝手な思い込みだと言われたら、それまでだが……。

　奈子は映生と朗子の一人娘で、一人っ子は現実を超越し易い傾向があるという話で、彼はひそかにそのあたりのことを心配していたのだが、奈子が五〇になってみると、対世間とか人間関係の意味では自分よりむしろ大人であり、映生は彼女の今後については、まあ思い悩む必要はないと確信している。

　で、その日も、食べながら彼は、さまざまな情報というか噂のたぐいを、奈子から聞かされた。パソコンもスマホもやらない彼は、ネットの世界はまるきり知らない。テレビは見ていて面白いものは、絶滅である。昔、世の中を席巻した週刊誌も、今広告を見れば、読みたい記事はない。新聞は複数購読しているが、事の上っ面を撫でているだけの感じなのだ。だから奈子の話すことには目新しいものが多かった。多いが……興味を惹かれるのは一部である。頭に入れようとしても、すぐに忘れるのだ。認知症の気があるのなら（恐れているが本当にそうなのかもしれない）ま、当然だろう。

それでもやはり世の中というのは、巨大で得体が知れないもので、おやという話、そんなことがあるとは思えない（多分）事実、ああ時代は変わったのだなあと痛感するニュースなどが、バクテリアか星屑（ほしくず）のように、あるいはおたまじゃくしか砂金のように、ちらちらとまじっているのであった。

その日、奈子は言いだしたのである。

「ＳＦにあったよね。瞬間移動、だったっけ。時間の経過なしに、ある空間から別の空間に移動するという現象」

「ああ、あったなあ。いや、今でもよく書かれているのかもしれない」

と、彼は肯定した。ひねくれた言い方をすれば、現象というのは実際に起こっているものであり、瞬間移動などという常識的には現実かどうかわからぬ場合は、概念とすべきであろう。しかし瞬間移動を現象として話の中で書いてきた人間とすれば、へたにそんなことにこだわるのは、ややこしいことになるに相違ない。瞬間移動にとどまらず、現象と概念をあえて峻別しなかった――昔はＳＦ作家まがい、現在は本人にも自分が何者かわからぬ浦上映生が、とやかく言うことではないのだ。だからこれは閑話休題。

ともあれ、瞬間移動なるものが、（彼自身が変貌してきたことにかかわらず）そこらへんにあるＳＦにも、これでもかこれでもかと登場するのはたしかである。

その瞬間移動が？

「どうも瞬間移動も、個人化されつつあるみたいだよ」

と、奈子は言うのであった。「二一世紀になってからこっち、スマホなどのかつては人間文明と並んでいた機器が、変容してどんどん人間の仲間になって……というより、人間のほうが日常機器の大ネットワークの一部になって……人間のありようや存在のしかたも変質しちゃったから、こっちが吸いとられているみたいなもんだけどね」

「………」

映生はおとなしく聞いている。ちゃんとわかっていないからでもあるが……ま、きちんと理解できないことは、聞いているうちに、少しずつならわかってくるものだ。（そういう理解は両面理解ならぬ片面理解というべきだろうが、仕様がないではないか）

「それで、わたしはまだよく知らないけれども、この個人化っていうの、なかなか複雑らしくてね。少しやってみてるけど、まだよくわからん」

と、奈子は言うのであった。「何しろ、よくわかっていないのに個人化だから」

「その個人化ということ自身、何のことやらわからん」

映生は、フォークに挿（さ）した揚げ物（？）を嚙み切りながら応じた。会話の内容と食べているものの旨さ、ごちゃごちゃである。

「それが的確に説明できるようになったら、これからの時代、わたしも何とかやって行けるだろうけど、どうなることやら何とも言えない」

奈子は喋る。「ま、近頃は人間とシステムの関係は、理屈ではなく本人が勝手に全部把握し、本能的にコントロールしなきゃならないもんね。なかなか厄介で、わたしもチビチビと体得するしかない」

「そういうことなのかね」

一応声を出してから、映生はグチャグチャと口の中のものを執念深く嚙み続ける。

「――うん。人間にとって、観念を主にした学習なんて、終わろうとしているんだろうね」

奈子は、ぱくぱくと食べるのであった。

話しながら映生は、正直、これは会話には相違ないが、かつての会話とは異質のものだと思う。多分、頭だけではさっぱりわからぬはずなのだ。しかしこういうやりとりでも、というよりむしろこういうやりとりだから、何となく気持ちが通じる――という状況に、じわじわと世の中が変わってきている、とするのが正しいのであろう。だからそのぶんこれからは、以前なら理解し合うのがむずかしかった喋り方や連想や意思伝達が、逆にしだいに容易になってきているのを、認めてもいいのである。ま、そのぶんだけ、映生のような高齢の、既成の伝達マナーに慣れた人間には、人との付き合いや会話は、ややこしくなってきたのもたしかであるが……。

とにかく、生きて他人と付き合うのは年ごと月ごと、日ごとにむずかしくなっている――ということか。

とにかく。

食事が終わった。

映生は勘定に行く。奈子はちょっと手を挙げてトイレの方向を示し、そっちに消えた。

エレベーターで上へ。

部屋に入った。

奈子はまだ戻って来ていない。

彼は、テレビの前の椅子に腰を下ろした。

何ということもなく、テレビの電源を入れる。昔、別に見る気もないのに日本人はテレビのスイッチを入れる、と言われた。言われて久しいが、彼はそのことを思い出しながらテレビをつけたのだ。テレビでは数人の（今さら言っても仕様がないけれども）彼よりはるかに若いその連中の基準ではしゃれていて立派なのであろう服装で、機嫌良さそうに大声で喋っていた。

そのテレビの手前に、ぼうと人影が現れたのだ。初めはおぼろに、しかしすぐはっきりとした姿になった。奈子であった。こちらに顔を向けながら、ごく自然に言ったのである。

「ああ、うまくいった。だんだん慣れてくるなあ」

「…………」

やはり奈子であった。

「――瞬間移動、ということか？　説明してもらっても、どうせ過去人間のこっちにはわからんだろうが」

彼は感想を述べた。

「便利みたいだ」

と、奈子。

「そりゃそうだろう。何しろ、瞬間移動だからな」

彼は一応肯定する。「ついこの間までは、そんなもの、あり得るかどうかさえ、本気で言う者がなかったのに、こういうことだ」

「ピュウと急に、できるようになった。信念と念力集中、いうのは本当みたいだよ。というか、信念のかたちと念力集中の波が合ったら、それでいいみたい」

「そういう時代になった、ということかな」

「今までが、そういう時代でなかったということかも」

「そうかもね」

「そうかも」

言いながら奈子は、スマホを開いて覗き込んでいる。

「テイニーと言うらしいなあ」

と、奈子。

「テイニー？」

「うん。転位、空間転位の転位から来たらしい。テンイが訛(なま)って、テンニー、テイニー、になったとある。テイニングとも」

「転位か。ガンの転移と発音は同じだ」

映生は自分の病気と重ねて呟いた。発音だけなら、そういうことになる。もっとも、文字の感覚が大切なら、ガン、ではなく、癌と書きたいところだ。「そうかあ。テンイ転じてテイニーね」

「やっぱりお父さんが前に言ったように、世の中、普通の変わり方でなく、何かの節目のせいで、次元とか時空とか、滅茶苦茶になったのかな」

「わからん」

「でもいいさ。ここもあっちもこっちも、今まで通りで、そいで今迄と同じでないのなら、それでよろしい」

奈子は肩をすくめた。「とにかくわたしもテイニー仲間になったようだから、使いこなせるようにならなきゃ」

「何だか、世界の終わり接近という感じがするなあ。ま、こっちの終わりが先だけど」

「うまくやったらお父さんの終わりも、どうなるかわからないよ」

「なら、いいがね」

「とりあえず、食事も済んだし、わたしはテイニー、テイニングに慣れるようにしよう。ひょっとすると他の能力も可能になるかしれないし、お父さんの寿命も延びるかも、だよ」

「かなあ」

「とりあえず、わたし、マンションへ帰るとするよ。変な具合に精神集中しなきゃならないみたいだから、あまり気にしないで」

奈子は頷いてみせ、ふらふらとバス・トイレのほうへ歩き出した。

ドアの向こうに入った。

それきり、出て来ない。

映生はドアをノックした。

返事はなかった。

また二、三回ノックすると、ドアはロックされていなかったみたいで、ぷありんと開いた中は無人だった。

行ってしまったのか？

どういう具合に？

何もわからない。

気になったものの、どうしようもない。彼はテレビの前に戻り、画面を眺めた。

一五分くらい経っただろうか。

部屋の電話が鳴った。奈子からであった。

「こっちへ帰ったよ」

と、奈子は言った。「ちょっともたもたしたけれども、ま、うまくいった。これからそっちへ行っても仕様がないから、大阪へ帰るなら帰って下さい」

ふうん、そういうことか、と、彼は思った。納得したというのではない。パソコンやらブログや、ＡＩの話を聞かされたときと同様、そういうことになっている、自分はその中に居るという感覚なのであった。仕組みはわからなくても、こうすればこうなる、ああすればああなると教えられ、怪しんだりろくに信じなかったりしながら、利用して便利なものは利用する……気がついたら世の中がそうなっていて、それで生きてゆかなければ仕様がないという中に居るのであった。それで生きているのなら文句を言うな、という〈文明〉の中に居るのであった。

それに。

そんなことに疑念や怒りを抱いたところで、自分はもうじき死ぬのである。ばたばたしたってどうしようもないのである。

テイニーか。

転位訛ってテンニー、テイニー、テイニングか。

テイニーもそうなのだ。そうなのだとするしかないのだ。

(19)

そろそろ午後三時。

のろのろしていると、すぐに夕方の空気が増えてくるだろう。

映生はあがいていた。あがくというのがあまり的確ではないとすれば、もがくと表現するのはどうであろう。どっちにしろ大差はないか。だったら、「這いずり回る」でもいいのである。夕方近いから、布団から出て服を着、近くのコンビニへ食べ物を買いに行かなければならない。しかし例によって、思うように体が動かないのであった。

東京から帰って四日め。

奈子はまだ東京に居て、いろいろしている。こっちに来るのは明後日だ。だからきょうも食べるものは自分で何とかしなければならない。ま、こういう生活をしているから、レトルト、乾燥食品など、数日分の貯えはあるが、やはり最終的には、立って、食べられるように仕上げる(?)わけで、その立つという行為がなかなか大変なのだ。右脚が妙に力抜けして、バランスが取れないのである。それが体内で進行している癌のせいなのか、医師から支給されている抗癌剤の副作用なのか、はっきりとはわからない。そして細くなった体は自由には動かないので、起き上がり体を立てるためには、布団の上で半回転したり腕、肱を使って身を起こそうとするけれども、それでたしかに体は動くけれども、立ち上がるのはなかなかの難事であった。足全体が柔らかくなりぐにゃぐにゃになって、まるきりうどんなのだ。体調があまり思わしくないときは、うどん化が進行しているのである。体の筋肉の大半が、長期にわたるたびたびの入院で、あらかた消失してしまったので、なかなか元に戻らない。いや、戻るかどうか怪しい。体を支え移動させてくれる足が、体のお荷物となってしまったのだ。頼りにならぬうどん足、油断をするとよろよろぺたんのうどん足人間であった。（科学的かどうかはこのさい関係がない）

しかし、病人を長く続けていると、それなりのノウハウが身につく。彼は一五分もかけずに、布団の上にすわるところまで漕ぎつけた。現在の技術の上限なのだ。

それをちょうど待っていたように、ピンポーン、ピンポーンとドアホンのチャイムが鳴った。来訪者なのである。

二、三秒、彼は動きを停止した。出ないで遣り過ごすという選択肢もあるのだが。

間を置いて、またピンポーン、ピンポーンである。

彼はやはり、出ることにした。後にして、あれこれ作業する結果になるのは、面倒である。仕方がない。布団の上を這って、襖をつかんで立ち上がり、ガウンを引っ掛けて、階段を一段毎にどすんどすんと降りたのだ。

すがるようにしてドアを押し開けると、小さな門の前に、顔見知りの宅配便の男が立っていた。小型の書類封筒を持ってである。配達票に捺印をして受け取った。

ＤＭではなかった。手紙なのだ。

玄関に戻って床にぺたんと腰を下ろし、検分する。しなければならぬことができると、時間を置いてではあるけれども、何とかうどん足を駆り立てて、作業をするのであった。

差出人はと見ると、松原権兵衛である。先日東京のパーティーで話をしたあの松原権兵衛だ。

それを持って、よたよたと椅子にすわった。

封を切ると、インクの手書きの手紙であった。今の時代になっても手書きをしている人間というのは、乱れた大きな字を書く者が多いが、松原権兵衛もその一人のようである。

（ちなみに、映生自身は鉛筆書きの手書きだけれども、枡目に字を入れてゆくという書き方だから、もっと何というか、謹直あるいは小心者風である。元は違うがそうなってしまったのだから仕方がない）その便箋、というよりレポート用箋が、一〇枚以上も入っているのだ。

やはり手紙であった。

それも野放図な手紙。

彼は、読みはじめた。

浦上映生先生

先日は失礼しました。もっといろいろお話したかったのに、残念です。しかしそのままにしておきたくはないので、ご迷惑でしょうが、こうして書くことにしました。お読みになったら廃棄して下さって結構です。よろしくお願いします。

パーティーの折り、先生は、高野山暁星先生のお話に、乗っているようないないような受け方をしておられましたね。われわれの生命力が尽きたら、どこかの世界への転身、編入になるという設定を、設定としては認めながら、現実として容認はなさいませんでした。かつてはSF書きであり今もそれなりのものを書いておられる先生にしては、随分引いた物言いだと思いました。私は高野山暁星先生と同じ考え方をする人間ですから、いささか不満でもありますので……高野山暁星先生とあれからも突っ込んでお話して、いわゆるムチャクチャアイデア、無責任思いつきの羅列をやってみることにしました。何かご参考になるものがあるかないか、何か拾うか無視するかは、全く先生の勝手であります。お遊びです。こっちも滅茶苦茶やっておりますから、気にしないで下さい。

格闘になるかもしれませんよ。

アハハハハ。

人間、死んでしまうと何もかもおしまい、というのが、現代では常識になっております。まずこれが大錯覚です。そうではない時代や世界のほうが、むしろ多かったのではないか——と私は思いますね。

しかもそれは、普通に言われる「生命力」ではなく、もうちょっとことなる、ま、「無形繊維」みたいなもので、現実を越えた現実です。そういうことにして、目を通して行って下さい。私、秩序とか順序とかにはまことに鈍感な人間ですから、思いつきも叙述も順不同で乱雑ですが、どうかその辺はいちいちこらえて下さるように、お願いします。（注文が多いですか？）

では、参りましょう。むろん、途中で放り出されるのは覚悟の上であります。

映生は読んでゆくのである。へたに考えたりごちゃごちゃ言ったりしないで、読んでゆくのであった。

まあ始めのうちは、現実的なところから入りましょう。◎かつて映画でそういうのがあったですね、色なし世界というの。色というものが存在していない世界、日常が別にあるとして、です。◎夜中のひどい知能低下というのはどうですか。夜半になると、です。自分でも何をするかわからないのに、誰もかれもがそうなのであります。◎雨戸をしめると時間が止まるというの、何かのヒントにならないですか。◎自分が殺されるのを防ぐために、こちらが化け物になる、あるいはなれる能力を持つ、という社会。

何だか、ＳＦとはこういうものだと独り決めしてペンを握り直したオッサンみたいですね。

ピント外れなのに、です。

もうちょっと進めて、設定としてはよく使われるようなのを、べたべたと並べてみましょう。

◎対社会全面落伍の感覚。あるいはそういう成員しかいない社会。

◎複時間流。なかった現実、なかった過去。そういうのが重層化。ま、時間流混同が常態化した世界でもよろしい。

◎人間出現前の知的生命体。そんなものみんな想定しているから、どうひねるか。ありそうにひねらなければ。

◎餌場(えさば)に群がって餌をもらい、食べている人間たち。みんな裸がいいか、スーツ姿のほうがいいか。どっちに行きたいですかね。

◎みんなみんな、幸せのうちに生を終わってゆく世界。それが可怪(おか)しいと言って、どこかに送り込まれる。

◎日毎、時間毎に、少しずつ顔や体型や能力や、意識(?)が自動的に変わってゆく生命体の社会。

◎お互いにすべてが「影」である社会。なぜ生きているのか、本人にもわからない。

◎そういえば、特定の物語の世界の現実化あるいはその変容というのも考えられますなあ。

◎非存在時間の中の生というのは面白そう。

◎死んで(?)どこかでつづきがあるのをみんなが知っており、自殺したり殺し合ったりするのが美学になっている。
◎こんな風に並べて来ると、地球外惑星とか、非惑星上の異様な生と生物たち――というのが、まことに平凡でつまらなく思えてくるのは事実ですね。でも、無数にあり得るそうした世界・文明・歴史・景観というその一つひとつが、いわゆる「死」の後の編入先であり得るとしたら、あんまり馬鹿にしたものでもないでしょう。

もう少し行こうではありませんか。

◎スポーツというものが個々にとって致命的でありながら、やらずにはいられない人、あるいはこれを引っくり返して、スポーツをやらなければ死んで（別世界へ行くので）そうなりたくないから、顔ひきつらせてスポーツをやる、その世界的大会。すてきなトロフィー。
◎そういえばレビー小体による幻覚が実は真実で、それでどんどん何もかもが変容してゆき、幻想美の中へ入ってゆく。
◎死者おらず生者おらず、既知未知区別のない世界。そして実体なき友人・敵。
◎時間は極めてゆっくり過ぎてゆく。生きている岩たち。中の長命岩。何もしないで時間だけがゆっくり流れるのです。

少し退屈になってきましたなあ。いわゆる「死」の後、何でもありとしたら、スズメバチの巨大な山。ずかずかと入ってゆく。

「あっち」が無数にあるのなら、「あっち」から見た「こっち」も同様ではないでしょうか。

つまり、我も無数の、無限のそれぞれ違う生き物。しかし生き物とは何か。

物質は分子、原子、クォークとどんどん小さくなって、あるところで（クォークで？）終わりになる。エネルギーになるのであろうか。しかし、いくら分解しても分解しても、おしまいにならなかったら、どういうことになるのか。そこに入れて頂いた私は、どういうものなのであろうか。物質の無限縮小、そして無限数世界とは、生きているもの、あるいは生きているつもりの者にとって、どういう環境なのでありましょうか。


と、ここまでは、微笑がらみで読んでこられたのではありませんか？　つまりはこうして書いてきたものは羅列であり、紙の上の概念ですから。

が。

そのどれもこれもが、私たちを受け入れるところだとすると、少し異様におなりになるのでは、ありませんか？　私たちが存在するのが、今のこの世界だけではなく、そのぶんだけ無数にあるのか、本当はもっと少なくてたった一つか二つかわからないにしても、今人間が生きているつもりの今の世界一つよりは多いようですよ。

そのどこかに行くのですよ。

体を作っていたものは処分されて消え、姿も形もなくなっても、そいつはどこかが引き受けるのではないか。いや、誰もかれも受け入れてもらえるのではなく、制限されるのかもしれないけれども、そのあたりはこっちにはわかりません。ただ言えるのは、当人の実体がなくなり、意識もなくなり、存在しなくなったとしても、生命はどこかの世界でつづくのです。本人が知らなくてもつづくのです。私、思うんですが、そのつもりで死んだら、何か残るんですよ。本人が知覚しているかどうかは不明ですが。

そうです。死んだら何もかもなくなりわからなくなるなんて、それこそ宗教じゃありませんか。どこかの何かとして、どういう具合にいつまでつづくのか、そこで死んだら、またつづきが始まるのか……何もわからないけれども、つづくのです。一回限りの生命という考え方自体が、おかしいのではありませんかね。

いやー、これだけ書いたら、大分すっきりしました。

こういうことで、いいではありませんか。

というより、こういうことなのです。

アハハ。

たのしいアハハですよ、これは。

ま、先生、今のご病気で今の進行では、そのうち「終わり」が来るのでしょう。そういうことになっているのでしょう。でも、そう簡単に終わりは来やしません。

ひょっとすると、いつのことになるか、どんなかたちでか予想もつきませんが、お互い今の私たちと違う者として、どこかでお会いするかもしれませんね。もっともそのとき、そういうことだと私にわかるのかとなると、お返事はできませんが。

いやー（と繰り返しです）これで気が楽になりました。

どうかお元気でと言うのも妙な具合ですが、どうかお元気で。

さようなら。


松原権兵衛拝。

浦上映生先生。


映生にとっては、あまり異論のない手紙であった。というより、まあそんなものだろうなと言いたい気分のほうが強かった。むしろ、そうした「へんてこ・雑多な異世界」は、もっともっとあるなと思いながら読んでいたのだ。

変だろうか。

変と言えば自分は、大分前からおかしくなりかけていたみたいで……実際そうかもしれない。

まあそれでも仕様がないか。自分は病気でもうすぐ死ぬのだ。変で結構。

(20)

ポツンと、額(ひたい)に冷たいものが当たった。ああ降ってきたな、と、映生は顔を挙げる。空はもとより、周囲の空気まで異様に暗くなっていた。

また、ポツン。

来るか。

ドドド、来るか?

ここ、町中だが、近くの建物は倉庫やら降りたシャッターやらしもた屋の表戸やらで、豪雨に雨宿りするような軒先はない。

とすると……。

が。

またポツン。

大きい。

ポツンではなく、バシャである。

バシャ。

バシャ。

いかん。

来た。

バシ、バシ、バシ。

走るべき場面であった。しかし抗癌剤の副作用のせいか、足が重く、動きづらくなっているのだ。下手（へた）に走ろうとすると、たちまち倒れてしまうのである。歩くしかない。もうほとんど本当の歯は残っていないけれども、歯を食いしばっても、歩きつづけるしかないのだ。ややカーブしたこの登り坂を一〇〇メートルも上がれば、食べ物屋ばかりのビルがある。とにかくそこに行って、雨宿りをしよう。

進んだ。

バシャッ、バシャッと音が鳴り、そこいらが光り、雨の幕が映生を包んだ。白い雨の幕だ。もう服や体がどうこう言っていられる状況ではなかった。顔に目にしぶきが飛んで、行く手が見えなくなってきたのだ。それでも進んだ。

映生は昔、気候変化によって雨の様子が違ってしまった——という話を、書いたことがある。雨が滝のようにどっと落ちて来る時代で、その水の塊（かたまり）にやられると倒れてしまうのである。しかし今遭遇しているのは、その程度のものではなかった。水は塊ではなく濃密な実体のある（？）霧として、一切を包み込んでくる。鼻にまでしぶきがわっとかかりつづけるので、呼吸が出来ない。立ちどまって下を向いて息をついて、それからまたはあはあと坂を登るのだ。水中進軍、しぶきの中歩きである。視野は、もう何が何やらわからなかった。そしてさらに強く、バシバシバシ！　バシバシバシ！　バシャッバシャッ、バシバシバシである。ストップして息はあはあ、よく見えない中をまた前進である。

しかしながら雨は、さらに強くなってくるのであった。全身、滅茶苦茶にずぶ濡れになったようであった。

もうあかん。

もう進めん。

映生は足を止めて、上を見た。ざあざあざあ。バシャバシャッ、バシャッ。

しかし、体が動かなくなってきた。水の壁だ。いや、空間すべてが水なのだ。

映生は前方を見た。そこに目的のビルがあっても、いいのではないか。ある、ある、ある。食べ物屋の店ばかりのビル、うまいうまいビルだ。しかしもう息ができなかった。こんなことで自分は終わりなのか？　苦しい、苦しい。

ほんの一瞬の断絶があった。実際に一瞬だったかどうか、彼本人にはわからない。だが我に返ると、頭上にうまいうまいビルの大きな看板があり、彼は道に仰向けになっていたのである。熱い道の上に倒れているのであった。

「大丈夫？」

「おじいちゃん、大丈夫？」

「あ。目、開いたよ！」

何人もの女の声の中、彼は起き上がる。服は濡れてなどいない。水なんて、一滴もない。のろのろと身を起こす。こんなときこそ笑顔になったらいいのだ。そうすれば運が向いてくると、何かの本にはあったのだ。唇(くちびる)の両端を上に、頬ふくらませ、ニカー、と。ニカーである。うまくいかなかった。仕様がない終わりだ。

彼は人々を掻き分けて歩きだした。うまいうまいビルの中へ……べたりべたりと入って行った。

(21)

ふと気がつく——とは、奇妙な表現かもしれない。でも実感はそうだったのだ。そして映生は、移動する台に載っていた。たしかこれは、担送車というのではなかっただろうか。動いているのであった。

静止。

何人かの顔が、彼を覗き込んでいた。緊張した表情である。

「それでは、麻酔薬の注射をします。体を楽にして下さい。すぐに効いてきますから」

言っているのは、主治医である。しかしそれは、必ずしも了解を求めているのではなく（了解は、すでに済んでいるのだ）形式的に告げているのであった。彼が何の反応もしないうちに、腕に注射針が刺され、二秒か三秒で何もかもわからなくなってしまったのである。

(22)

ゴドリンコは、交差点を渡った。渡っているうちに、行く手の歩行者用信号機が、だんだん低くなるのである。低くなって、信号の色が、赤もオレンジ色も青も、みんな光が弱くなり薄くなってしまったのだ。のみならず、こっちから向こうへ行く者も、向こうからこっちに来る者も、一歩毎に少しずつ小さくなり変形して、機械みたいな形状になってゆく。それぞれ形状は違うが、みんなぴかぴかの銀色なのである。

交差点を渡り切って電車の乗り場に来たときには、そうした変貌は完了していて、全く違う景色になっていた。

だが、だからといって、ゴドリンコにはどうしようもない。今の行動をつづけるしかないのだ。彼は、駅舎であった工場風建物に入って、券売機のあったところに立っていたガチャガチャの前に来た。普通よりも大きいガチャガチャ。ゴドリンコはポケットから硬貨を出した。上衣が変な具合に銀色のピラピラになって、その小さなポケットに硬貨が詰め込まれていたのだ。硬貨はちゃんと普通の五〇〇円硬貨であった。

ガチャン。

ガチャリ、カンコロ。

受け口に転がり落ちた通常より大きな透明ボールを、両手で開こうとしたが固くて駄目であった。しかし何とかしなければならないので、右手でつかんで「エイ」と叫びながらつかむと、ポカンと割れたのだ。割れた容器はばらばらになって落ち、手の中には人形が残った。ぬいぐるみの人形である。長い赤いスカートで両手両足も長く、いやに大きな目が描かれている。

次の瞬間、その人形は跳ねて、下に落ちた。落ちて、通路の路面に立ったと思うと、前方へ走りだしたのだ。通行人たちの足の間を縫うようにして、たちまち見えなくなってしまった。

その時分になって彼は、こっちから行く者、向こうから来る者が、機械であったり動物の姿をしたロボットだったりであるのを、見て取っていた。みんな銀色のぴかぴかロボットである。

と。

彼の前に、かなり大きい——着物姿で青竜刀とおぼしい刃の広い刀を腰に吊った男のロボットがやって来た。上から下まで、そして青竜刀も銀色の、目の玉だけが黒い巨漢なのである。

「仕事、どうした」

と、男は言った。「仕事、しているのか?」

仕事?

何の仕事だ?

彼は問い返そうとしたが、舌がうまく回らなかった。出て来たのは、

「ワン」

という吠え声であった。

どういうことだ？

彼は自分自身を見た。銀色のロボットなのである。犬の姿の銀色ロボット。金属製のロボットなのだ。

「ワンではわからん！　何とか言え！」

と、巨漢。

「ワン」

彼は繰り返した。ワンしか出て来ないのであった。

「仕事をしなければ、部品に戻すぞ」

「ワン」

「いいんだな？」

「ワン」

「仕方がない」

巨漢は、青竜刀の刀身を、腰の鞘(さや)から引き抜いた。その刃で、彼を軽く叩きにかかったのである。一打ち毎に、彼の体のどこかが離れて落ち、彼はそのたびに思考力を失っていった。

ま、これでいいのだ。こんなものだと思いながら、何も考えられなくなっていったのである。

（23）

目をさました映生は、いつも枕元に置いてある時計を見た。古い目覚まし時計だが、何もセットはしていない。いつ起きるのも勝手な身だから、それでいいのだ。やりたければこのままずっと寝ていてもいいのである。しかしそれでは、何もしない報いで、何も食べられないので、まずは起きて床を離れなければならない。

布団から出るというだけで、これだけの弁解をしなければならないのか——と、映生は苦笑しながら、仰向けになっている体を、まず横にした。病気で体力がなくなっているせいで、そうしなければ起きられないのである。横になってから手足を動かし、四つん這いになり、立ち上がるのだ。これがなかなかシンドイのであった。

だがきょうは、それほどでもなく、わりにスムーズに起きられた。調子、良さそうである。

この数年の病人生活で彼は、そのときどきの体の調子というのは、必ずしも病気の進行や状況に比例したものではなく、結構ずれがあるのを知るようになっていた。

きょうは調子がいいのだ。

彼は自分の体の調子を、おのれの実感だけで、上中下という風に分類していた。もっと詳しく言うと、特、上の上、上の中、上の下、中の上、中の中、中の下、下の上、下の中、下――である。細分化しているのはそのほうが格付けらしい感じがするからであった。その意味では今朝は、中の上というところだろうか。もう一つ上の、上の下としても構わない。

立って、服を着る。

思ったよりも、楽であった。のみならず、いつもの腰の痛みもほとんどない。

まるで、病気がおさまって体が回復しつつあるみたいだ。

むろんそんなことは錯覚であろう。彼の病気は、なってしまえば以後進行するばかりで、完治ということは（ものの本や広告などでは、奇跡的全快というのがときどきあるらしいが）期待できない。だから今言った体調の自己評価も、独りよがりの気休めで、そのことは本人が一番よく知っている。

ま、でも、本日は中の上。

服を着たので、ズボンのポケットに財布と小銭入れと手帳と鍵を分けて入れた。きょうは奈子は東京なので、自分でパンを買いに行かなければならない。買い置きの食パンは、きのう食べてしまったのである。

部屋を出て階段を降りようとして、彼は何気なく振り返り、ぎくりとした。

起きたままで畳んでもいない布団に、人が居るのだ。

人。

男だ。

男も何も……それは彼自身なのであった。着ているものも彼のパジャマで、布団の上で体をくねらせている。起きようとしているのだ。

なぜだ？

なぜ、布団の上に自分が居るのだ？　というより、この自分以外に自分が居るなんて、そんなことがあり得るのか？

しかし。

居るのであった。自分自身が布団の上で、手足を動かし反転し、起き上がろうとしているのである。

そいつ――この場合、そいつでいいのではあるまいか。そいつがこっちに気づいている様子はない。

映生は立って、そいつを眺めていた。

こうして見ていると、全くひどく痩せたものだなと思う。病気プラス年齢だ。否応なしのなりゆきとはいえ、たしかに、哀れな姿である。しかも目の前でのその動きは、のろのろ、ぎっくりしゃっくりと言うべきで、宙を掃く右腕、上げてもたもたしている両足、布団をつかむ左の手……全体としても、みっともないという表現が、ぴったりであった。

そいつは、今、二つの足首を両手でつかんで、前後に動いていた。うどんのようにふにゃふにゃになった感じの足は、足だけでは体を支えられないのである。ひとゆすり、ふたゆすり、三回目にうまく上半身が起きて、そいつは布団の上にすわった。三回で起きられたので、うれしかったのだろう。ほっとした表情になって、何ということもなく、こっちに顔を向けた。

そいつは、こちらにも自分が居るのを見て、驚くのではないのかな——と、彼は漠然と予期していたのだが、そいつは当たり前のようにこっちを見ている。何だか、うまく起き上がれたのを、威張っているようで、可笑しかった。

「アハハハハ」

と、こっちの映生は笑った。

しかし。

「…………」

そいつは無言でこちらをにらんでいる。怒っているのだ。

「…………」

彼は、どうしたらいいかわからぬままに、だがお愛想笑いをする必要もないのだから、そいつの顔を見つめていた。

「…………」

「…………」

そのままで、時間が過ぎてゆく。

と。

ふっとそいつが、見えなくなった。消えたのである。そいつの居た場所はたしかに布団がへこんでいたけれども、それだけであった。映生がその前に脱いで固めて置いたパジャマ類は、ちゃんと元の場所にあるのだ。
それで終わり、らしい。
いつの間にか腰を下ろしていた彼は、立ち上がった。
食パンを買いに行かなければならない。

(24)

「お告げ柱」のところに来ました。

聞いた通り、そこは崖の上です。崖の向こうは霧が沸き返っていて、何も見えません。崖のこっち側に、これも聞いていたように、金属製の柱が一本、立っていました。高さ三メートルほど。銀色の二〇センチ角の四角柱で、私の目の高さのところに、挿入孔がありました。挿入はカードでもお札でも硬貨でもいいようです。その挿入孔自体、私が近づいたのでその高さに移動したようですが、老齢の、新しいことにはうとい私には、はっきりしたことは言えません。ともかく、それが「お告げ柱」のようです。柱の下部は土中に埋まっており、はるかな崖の下の装置につながっているのでしょう。

突然、柱から声がありました。野太い男の声です。

「暫くそこに立って、何でもいいから考え事をせよ」

「…………」

そうなることも聞いていましたから、私は柱の前に立ち、目を閉じて、心を解放しました。

この年になると、考え事は後から後からいくらでも出て来るものです。そして「お告げ」は、それらの考え事に応じた心得というか、生き方、対処のヒントなどを言ってくれるのだそうです。

ややあって、柱はまた声を出しました。

「はいよろしい。それでは、挿入孔に三〇〇〇円を入れなさい。一分以上入れないと、これまでの記録と指針が消えてしまうから、そのつもりで」

三〇〇〇円か。

私は財布を出しました。今のような時代でも、年寄りの多くは現金を入れた財布を持っています。カードはときどき、有期間、あるいは無期限に失効しますんでね。いや、その回復手続きが、年寄りにはむずかしいということですが。

そのときの私は、紙幣ばかりか、硬貨も持っていました。五〇〇円硬貨であります。一枚ずつ、挿入孔に入れました。どういう仕組みか、一枚入れるたびに、チャリーンと私の頭の中で、音がひびくんです。

三〇〇〇円。

入れて二秒、四秒、六秒……。

「お告げです」

突然女性の声がしました。それからちょっと間を置いて、先程の野太い男の声が、ゆっくりと流れたのです。

「世の中は、世の中のためにある。お前のためにあるのではない」

ついで女の声。

「終わりです」

私は、柱の前を離れました。

世の中は世の中のためにある。

それはそうだろう。

お前のためにあるのではない。

それも、その通りだろう。

しかしお告げにしては、簡単過ぎないか？　一個人の、心の中の短時間のごちゃごちゃをもとに作成されたのだとしても、不親切に過ぎないか？

世の中は、世の中のためにある。お前のためにあるのではない。

もっともです。

そうでしょうよ。

でも人間の占い師なら、もう少したくさん何か言ってくれるのではないですかね。

三〇〇〇円も出したんですよ。

(25)

映生は杖（つえ）を曳きながら家に帰って来た。いつまで経っても杖の使い方には習熟できそうにもない。ま、慣れの問題だろうが、彼は自分の心の中に、まだ、杖というものが武器でもあり得る――という気持ちが残っているからではないか、とも思っていた。これまでに杖はもとより傘や金属棒を手にして戦ったことはないし、今後もないであろう。にもかかわらず、チャンバラ映画の記憶が頭から抜けないのだ。

ま、そんなことはともかく……キッチンから水とグラスを持って来ると、玄関わきの小さな応接室の椅子にすわり、コンビニで買った串団子を出して、食べ始めた。奈子が居ると何か作ってくれるのだが、奈子はあすの午後でなければ帰阪しない。（明後日は奈子に付き添われての病院行きなのである）

スイッチを入れたテレビは、例によって彼の知らないタレント（？）たちが、演技としてであろうか極端に陽気に積極的に何かやっていた。ということは、当面必死で見なければならぬニュースはないとして、よさそうである。いや、少々の天下のニュースよりも芸能番組を優先させるのが昨今のテレビと考えたほうがいいのだが、その芸能番組をさらに超えた何かが起こるには至っていないとすべきであろうか。

　そしてパックされた串団子はすぐになくなった。もっとゆっくり食べたほうが体のためなのだけれども、若い時分からの早食いの癖は、そう簡単に匡正（きょうせい）できないのであった。

　食べ終わると、二階の自分の書斎へ――。一歩また一歩と、うどんさながらの物体になったような足を持ち上げて階段を上がりながら、映生は、階段の一段一段が何だか高くなったような錯覚に捕らわれる。体が弱るとこういうことになるのだ。盛年再び来たらずである。


　夜中。

　トイレに行きたくなって目が覚めた。暫くためらったが結局は行かなければならないのがわかっているので、布団を抜け出し、どたんどたんと、階段を降りて行ったのだ。いつもそうなのだが、寝た時刻よりも更（ふ）ければ更けるほど、足は重くなるのである。なぜか朝になればずっと軽くなるのだから、まあいいとするしかあるまい。

　用を足し、階段の下へと戻って来た映生は、しかしそこで立ち止まった。

　階段が、寝る前よりもまた少し高くなったみたいなのだ。

　自意識のせいであろうか。

　だが、だからといってどうしようもないのである。

　一段また一段と、彼は上がった。病気が判明しての一回目の手術の頃に、奈子の主導で家のリフォームをしたさい、階段の横に手摺りを取り付けるということもしてもらったのだが、その手摺りがなかったら大分前から難渋していたことであろう。とりわけ近頃のような有様では、一階と二階の行き来は重労働になっていたに相違ない。

こっちがそう思っているだけかもしれないが、少しずつ段々高くなるとは、根性の悪い階段だ。

二階に到達して、布団に潜り込んだのであった。

目が覚めたがまだ夜は明けていないのである。でもトイレに行きたいのだから、布団から出るしかない。

ほとんど這う感じで、映生は階段の上に来た。

可怪しい。

二階から下まで、たしかに遠くなっているのだ。

なぜかわからんが、そうとしか思えない。

が……ぐずぐずしているわけにはいかなかった。階段の上でじっとしていたら、小便が出てしまうのである。それも刻々と切迫しつつあるのだ。手摺りをつかんで一段一段と下り、廊下からトイレに入った。

終了。

トイレのドアをしめて、階段へと戻る。足はさっきよりそれほど重くなっていないが……しかし、実感のままに言うなら、家の中が広くなっている印象なのだ。

妙な話である。

体がこんな具合だから、そう思えるということか？

すぐに階段を上がる気にもなれず、彼はそこにとりあえず腰を下ろした。

本当に変だ。

周囲の何もかもが大きくなったみたい……いやこの瞬間も、じわじわと大きくなっている感じなのである。

そこで、ある小説を思い出した。いわゆる名作ではない。「文学の鬼」などは洟も引っ掛けないであろう娯楽小説をだ。

たしかタイトルは、「縮みゆく人間」であった。

作者はリチャード・マシスン。名前を覚えたときにはリチャード・マティスンだったのだが、いつの間にかマシスンに変わっていた。かなり頼りない記憶をそれでもたどると、アメリカの作家・シナリオライターで、ＳＦと恐怖小説の中間的な作風で知られると、本にはあった。

話は、街を歩いていた男が、ひょんな――確率一〇〇万分の一の事故で、体が一日に七分の一インチずつ縮んでゆくというものだ。当然家族との関係などは、維持できなくなり消滅し、生活状況も変わり、蜘蛛と戦い、しかしながら小さく小さくなってしまっても自分はゼロではないと悟って、新しい世界で生きてゆこうと決心するのであった。（こんな風に粗筋を書いてしまっていいものであろうか。でもこの程度では許されるとしよう）

こうした、普通では考えられないような状況を派手に書くなんて、小説は見世物と違うのだと言う人も居るのだろうが、そんな人はあっちに行ってもらうとして……映生の心にこの作品が強烈に焼き付いたのは、こちらが置かれた状態しだいで世界は別のものとして認知される過程が、これでもかこれでもかとよく描かれていたからである。

そういえば、と、彼は、心のどこかにあった記憶が、遠慮がちながらぞろぞろと出て来るのを覚えた。

マシスンといえば、他にも「地球最後の男」「渦まく谺（こだま）」などがある。スピルバーグの「激突！」の原作もあるらしい。読んだ彼にとっては「地球最後の男」も「渦まく谺」も、「縮みゆく人間」同様、架空の設定なのに、リアルであった。引きずり込まれた物語であった。そして、本当にこうなったら自分はどう反応するだろうかと想像までしたのである。

で、今、自分はなぜかその「縮みゆく人間」になったのではないか、と、思ったのだ。

後で考えたことだが、その異変に気がついたとき、彼が、周囲が大きくなったのではなく自分が小さくなったと感じたのは、なぜだろう。年を取って自己の実績がぱっとしなかったのを思い、もう可能性も残っていないと諦め、病気になり死期が迫っている現在、そういう発想にしかならなかった……周囲が大きくなることなどあり得ず、自分が小さくなるとしか、受けとめることができなかったということなのであろう。いやこれは、後になってからの思考だ。

気がつくと、二階への階段は、また高くなっていた。目の前の一段が、太腿の高さ位まであるのだ。

のみならず眺めているその間にも、大きくなりつつあるようだ。

どうしてこんなことになったのであろう。

こんなことがあって、いいものか？

なぜ？

わからん。

わからんから……どうすればこの進行を止められるかも、わからない。

呆然としているうちに、眼前の階段はなおもじわじわと高くなってゆく。すでに、壁であった。左右の幅の広い壁なのである。粗い、強引に削った上に塗料を細かくまだらに散らした壁。

あたりは変に赤く薄暗くなってきた。暗くなってしまうのかと思っていると、ぼうと紫色の光が強くなってきて、空間を満たしたのだ。

映生はそれが、可視光線の波長と自分の視神経の相対的な関係の、連続的変化による作用ではないか——と考えたりしたが、本当にそうなのかどうか、自信はなかった。それに物体の色ばかりでなく、空間までがふわーん、ふわーんと変色するのである。正面の、もう顔位の高さになった壁もずわーん、ずわーんと変わるのであった。色だけでなく壁としても粗くなったり妙にすべすべになったりしている。少年時代に高倍率の拡大鏡で自分の手を見て、肌というのがこんなにもデコボコで同時に光沢に満ちた柔らかな感じなのに驚嘆したことがあるが、それ以上であった。

その壁をつたって、黒と茶色の装甲を持つ怪物が降りて来る。怪物には羽があり、足は六本であった。こっちに目を向けているのである。

はっと危険を感じた彼は、走った。正面の壁と地面（？）の間の空隙に、飛び込んだのだ。多分ゴキブリと思われるその怪物は、大きすぎてその空隙に入れないだろう、と、とっさに見て取ったのである。


彼はなおも小さくなっていくらしい。周囲はますます巨大化して、元は何であったかの見当もつかなくなった。そしてこれが拡大された写真か何かだったら、広がった部分はぼやけるかべったりと広面積になっているところだろうが、新しい細部がきめこまかく現れて、それが拡大、巨大化してゆくのである。目の前にあるのが何か、彼にはわからなかった。というより、視野にある雑然混然としたものが、どういう物質であるのかも、不明なのであった。

だが。

なおも、である。

なおも空間と視野は広がりつづけるのであった。

彼は目を開いた。

いや、もう目なんてないのだ。彼の体自体が、凸凹にゆがんだ立体であるのはたしかながら、どこが顔でどこが目か判別できない。その癖彼には見えるのであった。わけのわからぬ景色が、もはや前ほど速くはないものの、だがゆっくりと膨張をつづけている。すべては空間で、空間の中にあり、彼もまた空間の中にあり……彼以外のすべてが、依然として大きくなってゆく。

それにしても、自分にそれが見えるのは、どういうわけだろう。もう光はないはずだから、心で、あるいは別の何かで見ているのであろうか。

視野、今は小さな無数の球が宙にあって、浮いていて、球たちはじわりじわりと大きくなってゆく。

そして彼は、その中で、小さくなってゆくのだ。

待てよ、と、彼は思った。

通俗天文学の本によれば、宇宙の物質というのは、四パーセント（だったか）しかないという。ではあとは何もないのかというと、人間には、というより人間の観測能力ではわからないけれども、ちゃんと何かがあって銀河系宇宙の存在を保ち、それをダークマターという、とか、宇宙全体が早々と（？）アウトにならないのは、ダークマターとは別にダークエネルギーというものがあるからだ、といった話も聞き、本でも読んでいた。しかし今目の前にある立体――ひらひらの布のついたような無数の立体が、もしも最小の粒子であるクォークだとすれば、ダークマターやダークエネルギーとの関係は、どうなっているのだろう。

ああ。

その、ひらひらをくっつけた無数の立体もみな大きくなって、その一つが彼の傍に来たと思うと、やがて巨大な球になった。巨大な球は彼を呑み込み、彼は球の中でさらに縮んでゆく。

巨大球の内面は無限に広くなり――。

そのあたりで彼の意識は薄れ始めた。彼そのものが消滅するのかもしれなかった。

(26)

気がつくと目の前に、スーツ姿の五〇歳位の男が立っていた。

「あなたにも、支給されます」

男は、名刺入れみたいなものから、一枚の紙片を出して、呉れた。

受け取って、見ると、

「こぼれ人」

とあり、こちらの姓名もしるしてある。

「これは?」

「こぼれ人の証明書です。そういうお年、そういう立場になったということですよ」

男は説明した。「自分がそういうあしらいをされたと思ったときには、いつもそれを見せればいいのです。政府発行ですから、相手の態度が変わって、丁重になります。再発行はされません。一生一回、一枚です。有効に使って下さい」

言っている間に、相手の姿はだんだん薄くなった。消えてしまった。でもそいつが呉れたカードは、こちらの手に残っている。

しかしまだそのカード、使っていないんだよなあ。何となく、使いたくないものなあ。

(27)

ターミナルからバスに乗って、六つ目の停留所で降りれば、家までは二〇〇メートルかそこらである。いつもの帰りのコースなのだ。

しかし天気はいいし午後もまだ早いし、で、そのまま帰るのは惜しかった。

ターミナルからバスに乗って、四つ目に神社がある。暫く行っていないのだ。拝みに行こうと思ったのである。

陰陽師を祀ったその神社に、彼がなぜよく参拝するかというと、平安時代に居たというその陰陽師が極めて有名で、本もいろいろ出ているし、ドラマや映画にもなったりしているのと、本来このことは関係がないわけだけれども、彼が、怪異や妖怪などをテーマにして書く作家だからなのである。折角、自分が住む近くにそんな神社があるのだから、敬意を払いあわよくばご利益にもあずかりたい——と願ったわけであった。もちろん現実にはそんなことを期待しているのではないが、たまたま神社修復があったときに彼は、申し込んで自分の名の玉垣を加えてもらったりもしている。

で。

バスに乗って、四つ目の停留所で降りたのだ。

参拝した。

小銭入れに一円玉しかなかったので、うーんたまにはという気分で、賽銭箱に千円札を入れたのである。

おみくじも引いた。中吉であった。願望・時を待つべし。学問・試験よし。病気・ゆっくり休め。などなど。ま、そんなところであろう。

彼は歩道を家へと歩きだした。

すぐにうどんのようにぐにゃぐにゃになる足（彼の主観ではそうなのだ）は、このところなぜか、人間の足であることを思い出したかのように、しっかりしている。まあそうでなければ、杖をついてであるが、こうしてターミナルに行ったりはしない。とはいえこのうどん化傾向のある足は、いつ突然うどんになるかわからないので、油断は禁物なのだ。

歩くと、だんだん家が近くなる。歩道を一歩ずつ進むのである。

コンビニの前を過ぎると、交差点だ。信号が赤になった。

と。

行く手から、音楽が流れてきたのだ。

太鼓（たいこ）と笛。

ちんどん屋であった。五人か六人、男や女や男か女かわからないのが、車道の中央をやって来る。

曲は……彼はよく知らないが、「美しき天然」というのではないだろうか。列を組んで、ラーラ、ラララ、ラーラリ、ジャンゴンドン、と、進んで来る。そして他の車がみな、速度を落として、ちんどん屋の一隊と一緒に動いているのだ。

何だこれは。

どうしたことであろうか。

彼は足を止めて、そちらを見た。

ちんどん屋は、近づいて来る。その前方には車がなく、車はすべてちんどん屋と並行するか、その後を徐行しているのだ。

曲が変わった。

彼の知らない曲である。

フー、タララッタータ、ムー、ガトニーニ、ガトガトワーチ、タラララーノ。

通り過ぎてゆく。

そしてなぜか……彼はうれしいのであった。すてきな時間の中に居るのだ。

うれしいうれしい。

通り過ぎてゆく。

見えなくなって……彼は家へと歩き出した。

鍵を回して家の中に入っても、幸福な感覚はつづいていた。しあわせなのである。なぜそうなのか知らないが、ありがたいことであった。

しかし家の中は無人ではなかった。あちこちくすんではいるが、本来は金色の、高さ一メートルほどの、たしかに仏像が立っていた。

「おお帰ったか」

仏像が言った。「我はダンシャリブツなり。ダンシャリのために来た」

「ダンシャリ……ブツ？」

彼は反問する。

「さよう。ダンは断つ、シャは……（よく聞こえない）リは……（よく聞こえない）ブツはホトケだ」

と、仏像。

「…………」

「汝の一生にもはや要らぬものを消しに来たのだ。容赦はせぬぞ」

仏像は片腕を上げて、だがそこで動きをとどめ、不審気に言った。

「汝、しあわせか？」

「…………」

「しあわせ時間の中に居るのだな」

「…………」

「では仕方がない。今回は勘弁してやる」

仏像はとことこと近づいてきて彼と擦れ違い、玄関からドアに行きドアを抜けて、行ってしまったのである。

「…………」

彼はだいぶ長い間、その場に突っ立っていた。

何がどうなっているのだ？

断捨離仏とかいうのが出て来た。

でも行ってしまった。

こっちがしあわせ時間の中に居るから、なのか？

しあわせ時間なんて何だ？

そういえば、さっきまでのうれしさはもうどこにもない。幸福な気分も消えてしまっている。

しあわせ時間、おしまいなのか？

そういうことらしい。

ひょっとすると、しあわせ時間が断捨離仏の断捨離を防いでくれたのであろうか。

そのしあわせ時間は、ひょっとするとさっき神社で拝むとき、いつもより大分多い一〇〇〇円を賽銭箱に入れたからであろうか。遠い昔の陰陽師が、そのためにしあわせ時間を呉れたのか？

わからん。

わからんが、ま、老年、いろんなことがあるだろうさ。
彼は冷蔵庫からコーヒーゼリーを出して、食べにかかったのであった。

(28)

はっと気がつくとあなたは、どこかに寝ているのであった。しかし空が見えるだけで動けない。

それでもあなたは、どうやら自分が細長い楕円形であることは知っていた。本当なら二対一〇本の足で移動するやや肉厚の楕円形。

けれども動けない。足は左右に一本ずつ残っているだけで、あなたの体を運ぶ力はないのである。

そういえば、他の八本は引きちぎられたのだ。何やら知れぬ茶色の大きな大きな奴に、指で、ぶちゃっ、ぶちゃっとちぎられたのである。

だから、もう終わりであった。

あなたは空を見ている。真っ青な空である。

あなたは終わりだ。

あなた、終わり。

(29)

映生は目を開いた。同時に顔も挙げた。机に突っ伏して眠っていたようである。よだれが原稿用紙や机についていないか検分したけれども無事であった。

ピンポーンである。

家に、誰か来たということである。

きょうは奈子は居ない。朝から用事で出かけているのだ。つまり、来訪者が何者なのかを確認するのなら、自分が階下に降りて受像機を見るか、ドアを開いて直接相手に会うかなのである。受像機を二階のこの書斎に取り付けたらいいのだろうが、正直、下に居ることのほうが多いので、そうなっているのだ。

映生はのろのろと立ち上がった。相変わらずのうどん足ながら、きょうはそんなにひどくない。

で、どすんどすんと階段を鳴らして、下に行った。別に誰かに狙われているわけではないから（実は彼が知らないだけかもしれない）階段脇のドアホン受像機には構わず、すぐに玄関に出て、ドアを引き開けたのだ。

「やあ」

と、門扉の向こうに立っていた男が、片手を上げて言った。

映生はすぐには、相手が誰か把握できなかった。二、三秒かかって識別したのである。それは、林良宏だった。少し前にパーティーで会った、元は「月刊ＳＦ」の編集長、今はフリーのライターの林良宏・高野山暁星。だが映生が意表をつかれたのは、林良宏は東京に在住しており、大阪の、まして自分の家の前に来るなんて、まるきり頭になかったからである。

「やあ」

と、とりあえず映生は会釈した。

「今、忙しい？」

林良宏は問うた。「ま、少々忙しい位なら、折角こうしてここに来たんだから、こっちの話を優先して欲しいんだ」

「…………」

「家に入れてもらえる？」

「ああこれは失礼した」

映生は、突っかけをひっかけて門扉に行った。面倒なので、滅多に家に来訪者を入れないようにしているが、相手が林良宏で、大阪に来たとなると、そうもいかない。

「どうも」

と、林良宏は家の中に入って来た。

「その辺に、すわってくれていいよ」

映生は、玄関横の小さな応接室もどきの部屋を指した。いささか散らかっているが、ま、いいだろう。部屋には椅子が二つあって、テレビのほうを向いている。林良宏は、その一つにどっこいしょと腰を下ろした。

映生は、ペットボトルから入れた茶のカップを、林良宏の前のテーブルに置いた。

「独り？」

と、林良宏。

「ああ、基本的には独り」

映生は頷く。「でもまあ、こんなものだよ。別に終活をしているつもりもない」

「それでいいじゃん」

林良宏は同意した。それから、ちょっと間を置いて、口を開いた。「でもそれにしてもこのテイニーというの、素直じゃないなあ」

どういうことだ？

映生は林の顔を見た。

「こっちが求めるようには的確に作用しないからさ。ま、こっちの念力集中の型と力がうまく合っていないということもあるだろうがね」

と、林。

テイニーとは、つまり、この前奈子がやったような遠隔移動のことであろう。とすると……。

「林さん、テイニー、やってるのか？」

彼は問うた。

「うん」

「いつから？」

「そうだな。えーと」

と林は、昔のアメリカ映画のどこかの将校みたいに（といっても映生は、何という映画だったか覚えていない）手のひらを頭のてっぺんに当てながら応じた。「妙だな。大分前からやっていた気もするし、きのうかきょう始めたようでもあるし。わからんよ」

「ははあ」

まあそういうことは自分にもときどきあるかな、と思いながら彼は聞いていた。

「だからもっとテイニーに慣れてもいいのに、そうはいかないんだなあ」

どこか少年っぽい口調で、林はつづける。

「テイニー、テイニング、基本的には行きたいところを頭の中でイメージして、その中へ自分を投入すればできる——という。たしかにそうらしいけど、投入思考が不充分なのか、投入ができていないのか……それに雑念も湧いてくるしね。時間かかったり、失敗して行けなかったりすることが、少なくない。浦上さんだってそうじゃない？」

「いや、ぼくはまだ一度もやっていないんで」

「ふうん。宇宙空間がテイニング可能世界になっているのに？」

「そんなことに、なっているのか？」

どういうことかわからないが、とにかく彼は聞き返した。

「そんなことになっているのさ。というよりそれが遥か昔から無限の未来までが、違う時間流それぞれにおいて、そうなんだ」

林は言う。「その意味では、死なんて存在しない。別の生に入るだけだからね。そういう連鎖に気がつかない者、自分から進んで生命体であることを拒否する者が、死というものを認めるだけで、さ。ま、本人の精神エネルギーがなくなったら、連鎖終わりで、当人は納得して消滅する」

「ははあ」

わかったようなわからないような話に、とにかく映生はそう受けた。

「よくわかっていないみたいだね。実はぼくだって似たようなもんだけど」

と、林。「何だかいつ頃からか、すべてがそんな具合になってきたものね。そう……ビッグバンの話を聞いた時分からかな」

「………」

「とにかくぼくはあんたに、ぼくが知っている真実を喋り、あんたを説得するために来た。あくまでもぼくが知っている真実で、あんたも知ったらあんたにも都合がいい認識だが、聞いてくれることを望む」

「説得、ね」

「説得」

「正直、どうでもいいような気もする」

「どうでもいいんだ。だから聞いてくれ。信じようと信じまいと、それはあんたの自由だよ」

「はあー」

「同じことを、言い方も変えてあれこれやっているみたいに自分でも思う。いやその通りなんだが。生物には基本的に、死というものはない」

「生物とは死ぬもの、じゃないのか？」

「死ぬと思えば。あるいはこれで終わりとすれば、それが死だ」

「…………」

「しかし生物、自分の生命というか生存をつづけようとすれば、できるんだよ。自分で死なないと信じればね」

「？」

「宇宙の――といっても、宇宙なんて百千億兆、無限にあるわけだが、それぞれが、生命体に満ちている。いや、生命力が満ちていなければ、宇宙にならない」

「ははあ」

「そうした宇宙のどこかで生命体が、ひょいひょいと消滅したり変貌したりする。どこかの宇宙のどこかの生命を引き継いで、ね」

「わかれとは言わんよ。ぼくだって、そう信じているだけで、理解しているわけじゃない。理解を超えているとするほうが楽だから、それでいいんだ」

「…………」

「そうした無数の生命のやりとり引き継ぎがこの何百億年か、さかんになってきた。なぜかは知らん。そしてきっとこれからの何百億年のうちに、もっとさかんになるか衰えてなくなり宇宙のすべてがなくなってしまうのか、ぼくは知らん。知ったって知らなくたって、どうでもいいことだし」

「…………」

「ただ厄介なのは、近年、生命体のこういう現象の一面をとらえて、生命体、それも人間は不死であり、命はいつまでもつづくと叫ぶ者が増えているんだ」

「あり得ることだなあ」

「でもぼくに言わせると、それは少し違うし誤解のもとなんだ。かれらは、従来言われてきた特別な人間とか、ある主義主張をしている者とか、選ばれた民族とかが不死である、不死があり得るという考え方をしている。それも人間だ。人類に限るんだ。生物なんてそれこそ細菌からいわゆる高等生物まであるのになあ」

「あんたがいうのは、そうした生物すべてが自分の意志ひとつで、ここか違う宇宙か知らないが、そっちで生命を継承して生きてゆく——ということか？」

大分話が面白くなってきたので、映生は質問する。林は得たりやおうと説くのだ。

「そうなんだよ。ありとあらゆる宇宙の、ありとあらゆる生物が、お互い、生命力を共有し合っている。それがわかっている者は生命の継承を得て、人間なり、別の生物なり、あるいは今のわれわれには生物と思えない生物に変わって、生きつづけるんだ。そして、そのつもりになれば、誰でも何者でもそうなれるんだ」

「何だか、ありがたい話みたいな気がするなあ。ぼくは癌で、近いうちに死ぬらしいんだが、死なないと決めたら、どういうかたちか見当もつかないが、生物をつづけられる――と解釈していいんだな？」

「正にそうだ。いや、ＳＦ関係者はわかりが早いから助かる」

「そうかね」

「そうなんだ。ただ、今も言った『特定の選ばれた者の不死』の落とし穴にはまると、ＳＦ関係者でもそうはいかないけどね。ま、ぼくに言わせりゃ、そういうのはＳＦ関係者ではなく、本人がＳＦ信者と思っている別ジャンルの人々だよ」

そこで林は話すのを停止し、椅子にもたれかかった。

「ご苦労様、だなあ」

映生は言った。「そういう説得に来たわけなんだな」

「…………」

林は無言で頷き、ちょっと間を置くと、ポケットから紙片（？）を取り出した。本などに挟むしおりみたいな紙片だ。それをひょいと口にくわえて、何秒か静かにしていたが、それから手でつかんでくしゃくしゃにし、「ゴミ箱、ゴミ箱」と言うのである。映生が部屋の隅にあった小さなごみ箱を渡すと、そこに紙片を捨てたのだ。

「何だそれ」

映生は訊ねた。

「タバコみたいなものさ」

林は答えた。「コツを覚えたからときどき行く別の時間流の世界のものだ。こっちのタバコと違って害がないとされているよ。本当はどうだか知らないが」

「へえ。——しかし別の時間流とは……ますますややこしいなあ」

「何も覚えなくてもいいさ。なりゆきで誰もが勝手に覚えるし、生きるとは元来そういうものだ。そう思わないか？」

「まあどうでもいいさ」

映生は言った。

「とにかく、これで説得終わり」

林は、すいと席を立った。「適当なところで少し遊んで、次の説得対象へ行くよ。あんた、どこまで本気で聞いていたか知らんけど、ぼくの言ったこと、意外にあんたにしみつくんだよ。嘘じゃないよ」

喋り終えると、林は両手の指を組み合わせた。昔の忍術映画にそういうのが出て来たな——

と映生は思ったのである。

ぱたぱたという感じの後、もう林の姿は見えなかった。軽い風の渦巻きが残ったようだったが、たしかではない。

冷蔵庫からジュースでも出して飲むとしよう。

すわったままだった映生は、よっこらしょと腰を上げた。疲れているような、しかし同時に、何か自分の周囲が明るくなったような気分であった。

（30）

映生は、ふと目を開いた。

その瞬間まで何をしていたかという意識もない本当の「ふと」である。

何も見えなかった。闇であった。目をしばたたいたが、やはり何も見えない。

自分が何のためにここに居るかわからないので、ちょっと考える。何も浮かんでこないのである。

では自分の体がどうなっているか……彼は右手で左手の手首をつかもうとした。ところが左手首の感触がないのだ。それどころか自分の右手がどこにあるのか、不明なのであった。右手の指を屈伸させようとすると、その右手全体がないのである。怪しみつつ、右手で自分の顔を撫でようとしたが、自分には手がないらしいのだ。手のみならず、顔もないらしい。

これは「無」ということか？

体がないのか？

彼は、自分の太腿のあたりに力を入れて、立ってみようとした。立てた。

だが闇の中に突っ立っていて、それでどうなるというのだ？

今、何だか椅子のようなものに腰を掛けていたようだから、もう一度すわるとしよう。

腰を下ろした。

その姿勢のまま、宙に浮いているらしいのである。

「あ」

と、彼は声を出した。発声可能かどうか試したのだ。

声は聞こえなかった。声が出ていないのだ。

「あ」

「あ」

「あいうえお」

「あいあうあえあお」

駄目だった。自分としてはそう発声しているのに、何も聞こえない。

つまり、体の部分というか体がなくなり、身体感覚もなくなり、声も出ない、ということらしい。

やっぱりこれは「無」ではないのかなあ。

映生は宙に浮いていた。

しかしこういう具合なら、全く場所を取らないだろう。一定の有限空間の中に、何百人何千人何万人でも詰め込むことができるのである。

なおも何分間か、映生は宙に浮いていた。もっと長い時間だったかもしれない。宙に浮いていたというのも、錯覚かもしれない。
だんだん眠くなってきた。
うつらうつら。
寝てしまったのである。

(31)

気がつくと左腕の手首に、斑点が出ているのであった。赤い斑点ならシミとかの類だろうということで、放っておく……少なくとも何もしないで様子を見るところだろうが、その斑点は緑色なのである。濃緑（のうりょく）、なのであった。しかも直径三〜四センチ位のほぼ円形である。結構大きくて体裁も悪いのだ。

「何だろうな」

彼は同居個体の一つに尋ねた。その同居個体は大分観察してから言った。

「これは緑斑ではないかな」

「緑の斑点なのだから、そうなのだろう。だがそうだとしたら、どうなるのかね」

「緑斑、ある程度以上大きくなったら、この世界に居られなくなって、そいつはどこかに行ってしまうらしいよ」

「どこか？」

「どこか」

「それが嫌なら、どうすればいいだろう」

「どうにもならないらしいよ」

で、何もできない。一日毎に緑斑は大きくなってくるのである。

何日かのうちに、左腕の肱から先は、指を含めてみんな濃緑色になってしまった。

「もしもし。もしもし」

寝かけていると近くに来て声を掛ける者があった。

彼は目を開いた。知らない個体がそこに立っていた。全身、緑色の個体である。

「何か……？」

問うと、その個体は帽子を取って（帽子をかぶっていたのだ）丁寧な口調で言うのである。

「あなたはもう充分に緑色になりました。さあ行きましょう」

「行くって、どこへ？」

「緑の果てへです」

「緑の果て？」

「そこから新しい世界に行って、生まれ変わります」

「…………」

「今の世界は、みな消えて忘れます。ここに来たとき、その前の世界のことがなくなってしまったように」

「…………」

「そうでしょう？　前の世界のことなんて、何も覚えていないでしょう？」

「いや」

と、彼は、思い出しながら言った。「前の世界はよく覚えている。私は翔んでいた。透明体で翔んでいた」

そうなのだ。記憶がぱっとよみがえってきたのである。

「ははあ」

と相手は低い声を出した。「あなたは珍しい記憶者なのだ。今度は消そうね。消しておきましょうね」

相手は二本の上肢を持ち上げて、口の中で何やらむにゃむにゃ呟いたのだ。

すると彼は、だんだん白くなった。緑色がなくなり、元の茶色い肌になってしまった。同時に目の前の全身緑色の個体も消えていくのだ。消えて、いなくなった。

何がどうなったのか、不明である。

でもそうなったら、元のままでいいのであろう。

彼は、個体の合同宿舎へと帰って行く。

(32)

目をさますと、足が一〇本以上になっていた。それも湿気を帯びてぐにゃぐにゃで、うどんさながらなのだ。

起きようとしたら、足はそれぞれ勝手にもがいて、自分なりに体を起こそうとする。しかし全体の統一がとれていないので、ただ動き回るだけだ。イソギンチャクのようであった。浜辺のみにくいイソギンチャク。

起きるのだ！

おのれを叱咤（しった）すると、一〇本以上の足は固くなり、ぱたぱたと動いて……私は立てていた。布団の上に立っていた。

しかし次の瞬間、足の力が抜けた。私はどうと布団に倒れた。顔を布団に当てたまま、動けなくなったのだ。

しかし。

こんなことでくたばってたまるか。自分は元気だ。まだまだやれるんだ——と口の中で言い、起きた。回転しながらの体起こしである。

ふと足に目をやると靴下をはいていない足が、指先から足首まで、深紅であった。あ、これはいかん。何でもいいからここはお経だ。お経。「般若心経、摩訶般若波羅蜜多心経、観自在菩薩、行深般若波羅蜜多時」あとは思い出せない。しかしもう大丈夫だ。足の皮膚は人間の色になっている。

少しずつ足はしっかりしてきた。起きるのであった。

(33)

家でテレビを見ていると、ロンドンの風景が出てきた。ああ覚えがあると映生は思う。入退院を繰り返すようになる前は、ほぼ年に一度、イギリスに旅行していたのだ。イギリスの、主たる行き先はロンドンで、それにソールズベリーとかヘースティングスとかが付属していた。なぜロンドンなのかとなると、彼自身にも説明できない。何となくそういうことになってしまったのだ。ま、これには、奈子の好みも働いていたとは言える。奈子は学生時代ちょくちょくヨーロッパに旅行していて、イギリスに行くことが多かったし、イギリスが嫌いではなかったようでもある。外国語が苦手で、英語さえろくに喋れない映生のために、ま、イギリスならいいかという感じで海外旅行には付き合ってくれたのだ。

しかし病気になって少し後からは、映生は海外旅行をしていない。海外旅行どころか、この前のような一泊の東京行きでも慎重にやらなければならぬ身である。

テレビに映っているのは、たしかにコベントガーデンだ。

コベントガーデン、いいな。懐かしいなあ。

コベントガーデンなんて、知る人はよくご存じだが、以前はごちゃごちゃした市場か何かだったそうである。それを一九世紀に整理し、一九七〇年代に大改造して、すっかりきれいになった……レストランや博物館や服飾店がつらなり、変なものをいろいろ売っている市場があり、通りには週に一度か二度、出店があって人々が一杯になって行き来しているのだ。彼はそういうのが好きだから、よく行った。

ま、テレビに映っているのは中継ではないようだ。今はあんな快晴ではないだろうが、やはり人で一杯なのであろう。ああいうところを、ひしめく観光客の仲間として彷徨するのは、もうできないのかもしれない。

コベントガーデン。

彼はコベントガーデンの、つらなった商店の通路を思い出し、そこから階段を降りたところのちょっとした空間で、フルートを吹いていた女を想起した。観客に囲まれ、しかし観客には関心のないような態度で、演奏しているのである。あれは、四年前のことではなかったか？

彼はそのときの気分になり、目を閉じた。音楽にはまるきりうといけれどもよく知っているメロディなのだ。

コベントガーデンなのだ。

一瞬、いや、そういう言い方ができるとすれば、二瞬か三瞬、頭がくらくらとなった。

ふわり、と、我に返ると、彼は、フルートの音がすぐ近くでひびいているのを知った。人々のざわめきが、身を包んでいるのである。

「…………」

そうなのだ。

彼はすわっていた。

しかし自宅の自分の椅子ではない。そこの、空いていた白い椅子に腰を下ろしているのである。

演奏が一段落して、吹いていた女性は、フロアーの奥の部屋に入った。

「ああ、来たんだね」

横から声があった。奈子が立ってこっちを見下ろしている。そして、映生がそういう現れ方をしたのにも、ちっとも驚いていないようだった。

「…………」

「テイニー、うまくやれたら便利でしょ」

「あ。まあね」

「わたしは、かなり慣れたよ」

と、奈子。「でも、テイニー、テイニングには瞬間的な目的場所への集中思念と、テイニングというものへの許容心、それに目的場所の需要可能状況など、いろいろがそろった瞬間に可能なんだから、なかなかこちらの思うようにはいかないしね。もっとも、誰もがいつでもテイニングするようになったら、公共輸送機関やその他の個人用の乗り物も、不要になってしまい、産業崩壊するかも」

そういうことなのか、と、映生は思う。そうした情報は気をつけて拾っているつもりでも、プリント媒体主体の彼などには欠落してしまうのだ。

しかし。

テイニングについての奈子の話は、かれに、あるＳＦ作品を思い出させた。やはり（ただしこっちはお話としての設定である）思考によって瞬間移動をするので、それをジョウントと呼んでいるのだが、このジョウントが世の中に行き渡った結果、公共輸送機関が滅んでしまうことになっていた。このテイニングだって、そういうなりゆきを招くのかもしれない。でもまあ、そうなるとしても、それはこっちが世の中から消えて存在しなくなってからのことであろう。死期はすぐそこまで来ているはずなのだ。

「それよりもお父さん、お金とパスポート持ってる？」

奈子が訊いた。

「え？」

「日本に帰ろうとしてテイニーがうまくいかないと、航空券買わなきゃいけないでしょ。それに出入国のときパスポート見せなくちゃ」

「そういうことになるな」

「わたし、この頃パスポートはいつも持ち歩いてる。お金はクレジットカードで何とかなるけど、パスポートはないとまずいね」

と奈子。「テイニー、うまくやってもらうしかないなあ。しっかりやってね」

「――ああ」

と、彼は頷くしかない。

それでもどうやら彼が無事に日本の自宅に帰れたのは、必死に日本の自宅を思いテイニングというものを固く信じて、ほとんど祈りに近い想念集中をやったからであろう。せっかくロンドンに居たのだから、前に行っていたとき、よく歩いたハイドパークや、ノッティングヒルなども回ってくれれば、いや、そこまでせずとも、もう少しコベントガーデンでゆっくりしてくれればよかったのに、とも帰ってから思ったが、しかし、そんなことをしていたら未練が出てしまって、帰れなくなっていたということもあり得る。

慣れればさほどむずかしい作業ではないかもしれないが、それだけのことはしなければならない。つまりはこれが、新しい時代への適応というのであろうか。

(34)

浦上映生は砂浜に居た。それも、波打ち際から三〇メートルかそこらのところに、ぺたんと腰を落としているのである。

これはどういうことだ?

つい今の今まで映生は、病院のベッドの上であぐらをかいていたのだ。病状が悪化しての、今度で一〇回目の入院である。手術が難しい体になっているので、抗癌剤点滴の入院だった。まあそれはいわば必然的な進行であるが、このところ、異様な状態になることが、たびたびなのである。

そうなのだ。

現実と幻覚、想像と認識が、区別しにくくなってきている。なぜそんなことがたびたび起こるのか、医師に訊いても本で調べても解答が得られない。そもそもが、発病以来少しずつ感覚は変になってきていた。自分がふだんの通り思考しているか、いつも通り行動しているか、その瞬間瞬間には自信が持てなくなったのである。だが、自分は物書きだ、少々思考がずれていても書く物に反映させればいいのだと考え、なりゆきまかせのままにした。そうしているうちに、本物としか思えない幻覚が当たり前のように到来するようになり、書いているお話の世界が現実としか思えないようになり、空想するだけの状況や設定が実在のように思えることが、増えてきたのだ。そして、そうしたもろもろの幻覚・錯覚・架空の状態は、じきに終わり、元の自分に還るらしいのがわかってからは、ならどうにでもなれと思うようになった。自分は病気なのだ、間もなく死ぬのだ、だからなるようにしかならんのだ——と、諦めたのである。

これもまたそうか。

ここは、これを現実として対応してゆくしかない。

映生は、じっとしていた。

打ち寄せる波は、かなりまだ向こうのほうで崩れ、砂を残して引いていく。残された砂は水分を失って明るい色へと変わるのであった。陽がきらきらと跳ねている。

と。

そのあまり遠くない海面に、音もなく岩が現れた。岩には、男が一人すわっていた。岩にすわるには不似合いなスーツ姿なのだ。白髪で、めがねを掛けていた。痩せて頰の骨が突き出していた。老人であった。

はて、と、映生は目の焦点を合わせた。そいつは……どうも自分と似ている。映生自身はスーツなどではなく、病室生活者らしくパジャマを着ているが、そのことを除けばあとは同じなのだ。

そいつは、こっちを認めて、右手を挙げてみせた。

「…………」

映生が固まっている間に、スーツ姿のもう一人の映生は、ためらいもなく海中に降り立った。腰から胸のあたりまで海に浸かってである。そして両腕で水を掻き分け、こっちに近づいて来るのだ。

「…………」

映生は、別に逃げようとも思わず、顔をそっちに向けていた。

映生そっくりの男（映生の分身と表現すべきなのかもしれないが、先方からしてみればこっちが分身だろうから、そっくり男としるすとしよう）は、水をぼたぼた滴らせながら傍に来た。黙って腕を上げ、海と反対側を指し、海浜を進んでゆく。どうやら、ついて来いということらしい。

映生は立ち上がり、そっくり男につづいた。

一〇〇メートルも歩いただろうか。

そっくり男は停止し、こっちに頷きかけてから、砂の上に転がっている（擱座していると言うべきかもしれない）木造船を指して言った。

「まあ、すわって話を聞いてもらいたい」

「…………」

で……映生は、もうとても使い物にならないであろうその木造船のへりに、そっくり男と並んで腰を下ろしたのだ。

「宇宙なんて、何でもありの、何ひとつなしなんだよ」

そっくり男は口を開いた。

「は？」

「そんなに他人行儀になること、ないさ。あんたも私も、別物だけど同一なんだから。いや、こういう言い方がすでに、上からの物言いかもしれん」

言うとそっくり男は、自分の頭をばんばんと叩いた。服にしみこんだ水が、ばしゃばしゃと散った。

「まずは、このことから始めよう」

そっくり男は頷いて話しだす。「あんたにとってこの私は、幻覚であるが同時に現実でもある。そしてこれは、私にとってのあんたもそうなのだ」

「…………」

「でもこの二つ、全く重なっていない。別々の次元にあるからね」

「…………」

「宇宙なんて無数にある。生命の数だけあるし、それがまた増えたり減ったりしている。ま、いずれ、すべての生命が消えると共に、すべての宇宙が消滅するんだろう。その先は私にはわからん」

映生は相手をさえぎった。「待ってくれ。こっちはあんたの言っていること、すべてがわからん」

相手は動じなかった。

「わからなくても聞いてくれたらいい。あんたが勝手に自分のいいように解釈することになるだろう。あんたもご存じの通り、どうせ世の中、そんなものだからね」

「…………」

「ま、次にお目にかかることがあるとしたら、こっちもそっちも姿が変わっているだろうが」

「…………」

「そうだ。そしてこのことは理解できると思うが、今の世界、今の宇宙にではなく、新しい世界、新しい宇宙の生命体になっている。形態も機能もことなる別の生命体だ」

「それは、そういうことになるのだろうな」

と映生は呟く。

「もちろん、今までの宇宙の生物とは違ってくる」

そっくり男はぼそぼそと言うのだ。「だけど宇宙には、形態・機能は違うことになっても、自分の生命をつづけたいという生命体がひしめいている。その一員になるわけだ」

「…………」

何だか話がわかったようなわからないような具合で、首をひねった映生が顔を挙げると、もうそっくり男は居ないのであった。

歩いていると、並んで人がついて来た。

「ややあ先生」

と、その人が言った。「やはり一言、先生に言っておきたい」

見るとそれは、松原権兵衛だった。

別に変な格好をしているわけではない。いつもの松原権兵衛なのだ。

「やはり申し上げることにしました」

松原権兵衛は言った。

「このことだけは忘れないでください。かりにあなたが死んでも、生きているときの感覚を保持していればいいんです。意識だけが残っているなんて、周囲の人々にはわからないでしょう。そうです、あなたは生きつづけていいのです。いよいよになってもあなたの生命力はつづくのです。もちろんそれはこの世界この宇宙ではなくて、われわれの宇宙と重なった別の宇宙ですがね。でも人間ではなくても別の生命体をつづけるのは確かです。そして生物の生命力というものはずっとつづいていきます。当人が生きる意欲を失わない限りは」

「…………」

「――ではお忘れなく」

松原権兵衛はぺこりと頭を下げて行ってしまった。

風がどっと吹いて来た。

視野前方の海面が、風船のように大きくふくれあがり、黄色くなった。ついで白くなったと思うと、映生は病室のベッドにあぐらをかいてすわっていたのである。

（35）

映生は空を飛んでいた。

なぜ飛べるのか、自分でもわからない。とにかく両腕を伸ばして念ずれば、その通りになるのである。

思い出してみるならば、これは昔映生が、夢でよくやったことであった。その空中飛翔力が現実になっているらしいのだ。

彼は手の内のおのれの原稿（いつの間にかつかんでいるのであった）を見た。

自分の家が現れて彼にぶら下がった。それでも彼は翔んでいる。こんなことはあり得ない。

こんなことは滅茶苦茶と言わなければならない。

（36）

ベッドのテーブルに、奈子が家から持って来てくれた郵便物が載っていた。ＤＭや機関誌と、一通のハガキ。それは林良宏からで、次のようなものであった。

「ほんとうに死んでいるのは除外して、生きつづけている生命体が、われわれと重なった宇宙に充満している」

林は書いていた。

「新しい生物として意識をなくすとき、もっと生存の望みがあれば一心に祈る。どこかにつながる。この宇宙とは限らない。やらぬよりはやるべき。それがダークマターかダークエネルギーであるかどうか、ぼくは知らない」

読み終わった映生は、そういうことなら、違う宇宙の生物になったっていいではないか。そうしようそうしようと決めた。

（37）

例えば、一五〜一六の雲が昇っている。大きいのは真ん中。「それ」は小さいので端のほうに寄る。地球も、地球が属していた宇宙も、何も知らない。ここで生存をつづけていくだけの話なのだ。

（了）

本書は書き下ろしです。

装幀　岩郷重力
装画　元永定正「おおきいのはまんなか」

眉村 卓（まゆむら・たく）
1934年10月20日大阪府生まれ。'57年大阪大学卒業。会社勤務のかたわらSF同人誌「宇宙塵」に参加。'61年、「SFマガジン」第１回SFコンテストで「下級アイデアマン」が佳作入選しデビュー。'63年に処女長編『燃える傾斜』を刊行し、コピーライターを経て'65年より専業作家に。'71年から発表し始めた司政官シリーズの長編第一作『消滅の光輪』で'79年に第７回泉鏡花賞と第10回星雲賞、'96年に『引き潮のとき』で第27回星雲賞を再び受賞。日本SF作家第一世代の一人として長く活躍したほか、NHKでテレビドラマ化された『なぞの転校生』『ねらわれた学園』などのジュブナイル小説やショートショートなどでも健筆をふるった。著書に『妻に捧げた1778話』『いいかげんワールド』など多数。2019年11月３日逝去。2020年に第40回日本SF大賞功績賞受賞。

その果て（はて）を知らず（しらず）
第一刷発行　二〇二〇年十月二十日
著者　眉村（まゆむら）卓（たく）
発行者　渡瀬昌彦
発行所　株式会社　講談社
〒112-8001東京都文京区音羽二―一二―二一
電話　出版　〇三―五三九五―三五〇五
　　　販売　〇三―五三九五―五八一七
　　　業務　〇三―五三九五―三六一五
本文データ制作　講談社デジタル製作
印刷所　豊国印刷株式会社
製本所　株式会社国宝社
定価はカバーに表示してあります。

Printed in Japan　ISBN978-4-06-521202-8
N.D.C. 913　250p　19cm